JN266739

エゴイスティックな相棒

KAZUMI YUUKI
結城一美

CHOCOLAT BUNKO

ILLUSTRATION 麻生ミツ晃

C O N T E N T S

本作の内容はすべてフィクションです。
実在の人物、事件、団体などにはいっさい関係がありません。

◇

鋭《するど》い銃声が青空を突き抜けた。

直後、トラックが急発進して、こちらへバックしてくる。

そこに子供が乗った自転車が突っ込んできた。

母親が悲鳴を上げ、行き交う車のクラクションが鳴り響《ひび》く。

「危ない！」

小鈴《こすず》はダッシュし、路面を蹴《け》ってダイブした。だが空中で子供の躰《からだ》を抱き取り、路上に転がったところで動けなくなる。眼前に、トラックの後部バンパーが迫った。

駄目だっ――覚悟した瞬間、ドンッと激しい衝撃《しょうげき》を受け、小鈴は子供もろとも真横に吹っ飛んだ。

しかしそれは、トラックが衝突したせいではなく――

「……真藤《しんどう》！」

後三十センチという所に、トラックの後輪が見えた。

そして鼻先には、小鈴と泣きわめく子供を腕に抱き締めて倒れ込む、真藤の顔が。

キキキッ…とタイヤの軋《きし》む音がした。

トラックは再び急発進して、今度は逆《ぎゃく》方向に走り出した。

と同時に、真藤は半身を起こし、素早くスーツの胸元に手を差し入れた。

パンパンパンッと、立て続けにあちこちから発砲音が響く。

まっすぐに伸ばされた真藤の右手にも拳銃《けんじゅう》が握られており、銃口から煙が上がった。

銃弾はトラックのタイヤに命中したのだろう。

猛烈《もうれつ》なブレーキ音が聞こえ、車体がドドーーーンと地響きを立てて横転する。

その衝撃で後部扉が開き、中から次々と木箱が落ちて、道路上に散乱《さんらん》した。

積み荷はワインだったらしく、木箱から転がり出た無数のボトルが割れて、辺《あた》りは見る間に血の海のように赤く染まった。

「……大丈夫か……小鈴」

尋ねる真藤の顔が、ゆっくりとこちらを向く。

だがその額は、ワインよりもさらに真っ赤な鮮血《せんけつ》に濡れていて。

「真藤―――っ！」

叫ぶ小鈴を前に、真藤の躰が大きく揺らいで、地面に崩《くず》れ落ちた。

◆

午後七時。雨がパラつき始めた新宿歌舞伎町《かぶきちょう》には、すでに人が溢《あふ》れ返っている。

このまま傘《かさ》が増えると、それだけ聞き込みも人捜《さが》しも難航《なんこう》する。

だから、早く片《かた》をつけたかった。

それでなくても先刻から、何度も閃光《フラッシュ》のような稲妻《いなずま》が夜空を切り裂いていた。

それは色とりどりにきらめくネオンを一瞬まっ白に塗り替えてしまうほど眩《まぶ》しく、なのに雷鳴《らいめい》はいっこうに轟《とどろ》かない。

嫌な天気だった。

まるで三年前の、あの夜を思い出すような不気味《ぶきみ》な……――

「いたぞ、小鈴。あそこだ」

がしりと腕をつかまれて、小鈴はハッと息を詰めた。

そして、相棒《あいぼう》の深森《ふかもり》が顎《あご》をしゃくって指し示す方向に、素早く目を向ける。

外灯《がいとう》の下、長身で紫《むらさき》の派手なスーツを着た男が、赤い傘を差す女に笑いかけていた。

間違いない。被疑者の荒城《あらき》というホストだ。

「深森さん…っ」

小鈴は勢い込んでうなずいた。

普段は無精《ぶしょう》でずぼらな深森だが、さすがこの道十五年のベテランだけはある。この雑踏の中、ターゲットを見つけ出す選別眼は一流だと、小鈴は心の中で感心しながら、足早に被疑者に近づいていった。

街角に立つホストたちにとって、雨は客をキャッチするための格好の小道具だ。

水も滴《したた》るイケメンに「雨宿りさせてよ」と微笑《ほほえ》まれて、きっぱり断れる女はそう多くはない。

案の定、女は笑いながらホストに傘を渡して、腕を組もうとしていた。

「――荒城聖一《せいいち》さんだね？」

「なんだよ……あんた」

背後から声をかけると、荒城は肩越しに振り向いて、胡散《うさん》臭そうな顔をした。

そして自分よりもずっと小柄で若く見える小鈴を見下すように、フンと鼻を鳴らす。

だが、小鈴は顔色一つ変えず、毅然《きぜん》として言った。

「ちょっと話を聞かせてもらえるかな？」

慣れた手つきで『巡査部長・小鈴佑青《ゆうせい》』と書かれた警察手帳を開いて見せる。

その背後で、ゆっくりと追いついてきた深森も、同じように手帳を翳《かざ》した。

「えー、なぁに？　この人たち、刑事さん？」

女が眉根を寄せ、アンバランスな二人を見つめる。

キレ者の刑事らしく鋭い眼光を放ちながらも、背が低く甘い顔立ちをしているせいで、必要以上に若く見られてしまう小鈴と、髭面《ひげづら》の上に、せっかくの長身をくたびれたスーツに包んでいるせいで、必要以上に老けて見られる深森を。

そして「面倒は嫌いよ」と言うなり傘を奪って、小走りに去って行く。

その姿に、荒城は肩を竦《すく》めて嘆息《たんそく》した。

「あ～あ…。営業妨害っすよ、刑事さん」

「悪いな。こっちも仕事なんだ。さっそくだけど、この男に見覚えは？」

小鈴はスーツのポケットから一枚の写真を取り出し、荒城に指し示した。

だが、その表情に変化は見られない。

「さぁ…。見たことないっすね」

「林田郁雄《はやしだいくお》、三十七才。独身。職業はバーテンダー」

「だから、知らないっすよ」

「西新宿、五月ビルにあるサムウェイという店だ」

「あ〜、あの辺は入れ替わりが激しいからな〜。知らねぇなぁ。…ってか、この人、どうかしたんすか？」

あくまで平然として余裕をかましている荒城に、小鈴もまたあえて淡々《たんたん》と答える。

「——昨日の早朝、自宅マンション近くの路上で、射殺死体で発見された」

荒城の顔が瞬時に強張《こわば》った。

「しゃ、射殺って……まさか……そんなっ…」

声が上擦《うわず》る。荒城は明らかに動揺していた。

「林田は裏で、覚醒剤《かくせいざい》のブローカーをやっていた。死亡推定時刻は、午前四時から五時。我々警察は、おそらくヤク絡みの殺しだろうと見ている。荒城くん、その時間帯、きみがどこで何をしていたのか、教えてもらえるかな」

たたみかけるように小鈴が言うと、荒城は視線を左右に泳がせて答えた。

「お…一昨日《おととい》は、早上がりだったから、家に帰って寝てたよ」

「一人で？　それを証明できる人は？　実は、君が林田からたびたび覚醒剤を購入しているという情報があってね。そのあたり、署で詳《くわ》しく話を聞かせて…」

そこまで言った途端、荒城は血相を変えて叫んだ。

「じょ…冗談じゃねぇ！　俺じゃねぇよ……俺は、やってねぇ！」

「待て！」

弾《はじ》かれたように背を向ける荒城と、小鈴がダッシュしたのとは、ほぼ同時だった。

だが、とっさに伸ばした小鈴の手は、横切る酔っ払いの男の胸にドンッと当たる。

「何すんだ、てめぇっ」

「すみませんっ」

叫んで小鈴は、酔っ払いをそのままに荒城を追う。

たぶん、その辺は深森が上手《うま》くケリをつけてくれるだろう。

一瞬の遅れは取ったが、小鈴は全速力で走った。

荒城は歌舞伎町の住人だ。小鈴同様、新宿の道は知り尽くしているに違いない。

だが、追われる者は、なるべく奥へ奥へと逃げる習性があることを小鈴は知っている。

しかも三十二才という年のわりには童顔で小柄ではあるが、小鈴は俊敏《しゅんびん》で駿足《しゅんそく》、頭の回転も早い、署内では検挙率トップクラスの刑事なのだ。

前方の人ごみを蹴散らし、鉄砲玉《てっぽうだま》のようにまっすぐ突き進む荒城を見て、小鈴は横道に入った。こちらから行けば、荒城が走り出てくる通りに、回り込むことができる。

路地裏を走り、ビルとビルとの狭い隙間《すきま》をすり抜ける。

――……よし、ビンゴだ！

すると案の定、眼前に荒城が飛び出してきた。その躰を目がけて突進する。

「わあぁっ！」

紫色のスーツが路上でもんどり打って倒れた。

小鈴は瞬時に躰をひねり、荒城の右腕を鷲《わし》づかみにした。

だが荒城も必死だ。目を血走らせ、満身の力で小鈴の手を払う。

「放せよっ…俺じゃねぇ、つってんだろうが！」

「だったら、なぜ逃げるっ」

そのまま二人は揉《も》み合い、ごろごろと転がって、ドンッと電柱にぶつかった。

弾《はず》みで離れた小鈴の手から逃れて、荒城が這《は》うようにして立ち上がる。そして、前につんのめりそうになりながら駆け出す。

その足首をつかもうと、反射的に伸ばした小鈴の手が、空を切った。その瞬間。

「なっ…うああっ！」

路地から突き出された足が、ひょい…と荒城の足元をすくった。

直後、荒城の躰が宙に浮き、再び路面に叩きつけられる。

後からのんびりついてきた深森が、絶妙なタイミングで足払いをかけたのだ。

「一丁上がりだ、小鈴。きっちり手錠《ワッパ》かけとけよ」

「了解」

答えるが早いか、小鈴は跳ね起き、ううっ…と呻《うめ》いている荒城の背中に乗り上げた。

そして、ひねり挙《あ》げた手に手錠を嵌《は》める。

「荒城聖一。覚醒剤取締り法違反容疑、及び公務執行妨害で緊急逮捕する」

これで、ようやく片がついた──そう安堵《あんど》しながら、小鈴が宣言した時だった。

辺りがカッと真昼のように明るくなり、直後、ド──ンッ！　という重々しい衝撃音がビルの谷間に響き渡った。

騒ぎを遠巻きに見物していた野次馬《やじうま》たちから、悲鳴が上がる。

あげく、その声に重なるようにして、バケツをひっくり返したような雨が降り出した。

「なんだ、こりゃ。ゲリラ豪雨ってやつか？」

人々が慌てて散っていく中、深森が腕を翳して空に目をやる。

その姿を下から見上げた途端、再びピカッと目も眩《くら》むような稲妻が辺りを照らした。

青白い閃光を背にして、浮かび上がる男の影。

耳の奥でこだまする、押し殺された低い声音。

『──好きだ……小鈴…っ』

忘れようとしても忘れられない三年前の記憶が、フラッシュバックのようによみがえる。

あの夜も、こんなふうに激しい雨が降っていた。

――真藤……っ。

「まいったな。交番《ハコ》の奴らに車を回すよう頼んだんだが、待ってたらぐしょ濡れになるな。行くか、小鈴。………おいっ、小鈴？」

肩を揺すられ、小鈴はハッと我に返った。

「あっ……すみません、深森さん。今すぐに」

慌てて言って、小鈴は荒城の背中から降り立った。

そして脳裏《のうり》に浮かぶ残像を、無理やり掻《か》き消す。

水煙を立てて降りしきる雨の中、長く尾を引くような雷鳴が聞こえた。

◇

「ったく、なんだよ、これ。パンツまでグショグショじゃねーか」

真藤がマンションのドアを開けるなり、小鈴は勝手知ったる他人の家とばかりにズカズカと上がり込んだ。そのせいで玄関のフローリングは、あっという間に水浸《みずびた》しになる。

小鈴も真藤も、張り込み中、時ならぬ集中豪雨に遭遇《そうぐう》し、髪からスーツから、それこそ靴《くつ》の中までずぶ濡れになってしまったのだ。

「待て。おまえはそのままバスルームに直行しろ」

「あ？」

後ろ手にドアを閉めながら言う真藤に、小鈴は背後を振り返る。

小鈴よりきっちり十五センチ高い一八〇センチの長身に、ダークスーツが見栄《みば》えする均整の取れた男性的な体格。

クールで端整《たんせい》な顔立ちに嫌味なほど似合っている、シルバーフレームの眼鏡《めがね》。

いつもは緩《ゆる》く後ろに流しているダークブラウンの髪は、雨に濡れてすっかり乱れており、毛先からは雫《しずく》が滴《したた》り落ちている。

だが、たぶん新宿中央署内の女性警官たちは、こんな真藤の姿を見ても「真藤くんってステキ～」と黄色い声を上げるのだろう。何しろ真藤杏平《きょうへい》は、この容姿に加えてキャリア並みの頭脳の持ち主で、所轄《しょかつ》内検挙率ナンバー2の刑事なのだ。

だが、相棒である小鈴はナンバー1だ。

警察官としての資質はもちろんのこと、正義感は旺盛《おうせい》、気性も人一倍男らしい（と自負している）のだから当然の結果だ。ただし、見た目と『小鈴』という可愛《かわい》らしい名字のせいで、少しばかり損《そん》をしていることは否めない。

真藤と同じ二十九才。交番勤務を経て刑事になってからも五年が経つというのに、いつも新人刑事に間違われるのが、癪《しゃく》に障《さわ》る小鈴だった。

「だから、先にシャワーを浴びろって言ってるんだ。被害を撒《ま》き散らすな」

「何言ってるんだ。おまえだってずぶ濡れのくせに」

「そう思うなら、つべこべ言ってないで、とっとと入れ。今は風邪《かぜ》なんて引いてられないぞ。いつ闇《やみ》取引があるか、わからないんだからな」

言いながら真藤は、小鈴と自分の靴に手早く新聞紙を詰め、物入れから取り出したモップで濡れた床を拭きつつ、小鈴の踵《かかと》をつついて急き立てる。

「わかってるって。…っつーか、真藤おまえ、いつもながらマメだな～」

軽口を叩きつつ脱衣所へ向かいながら、小鈴は感心する。

何事にも一直線でスピード重視の自分とは違い、真藤は沈着冷静《ちんちゃくれいせい》で知的なエリートタイプの男だ。その上、こういうふうにこまかいところまで気配《きくば》りできる彼がサポートしてくれるからこそ、今の自分があるのだと小鈴は思っている。

コンビを組んで三年。面と向かって言ったことはないが、真藤以上の相棒はいない。

彼には、絶対的な信頼と親愛の情を感じていた。

「ほら、バスタオル。シャツとパンツは、引き出しの中に入ってる新しいのを使え」

「はいはい。俺のはMサイズね。いつも、ありがとさん」

真藤の自宅は、利便性の高い一等地に建つマンションだ。事件で徹夜の日が続いたり、張り込みで身動きが取れなかったりする時に、短時間だけ帰宅するにはもってこいの場所にある。それだけに小鈴も立ち寄ることが多く、自然と着替えや私物が増え、足りなくなると真藤が補充してくれるようになっていた。

「……っと、そうだ、真藤」

スーツの上着を脱ぎ、ワイシャツのボタンに手をかけて小鈴が言う。

「なんだ？」

タオルで頭を拭きながら振り返る真藤に、小鈴は屈託《くったく》なく笑って言った。

「いや、どうせなら、一緒に風呂に入らないか…って思って」

小鈴は下手に笑うと、男女問わず「可愛い」などと失敬なことを言われたりするので、真藤以外の人の前では、あまり笑わないように心がけている。

真藤はコンビを組んでから今まで、一度も小鈴の容姿をからかったことがない。

その点も、最初から好感度が高かった。

だが、笑いながらそう提案した途端、真藤の眉間《みけん》に縦皺《たてじわ》が寄った。

雨に降られてさんざんだったが、三日続きの張り込みも交替になったし、明日は非番だ。シャワーだけじゃなく、真藤と二人でのんびり風呂に浸かって、上がったらビールにつまみにTV、ついでに泊まっていくかな…と、小鈴は単純にそう思ったのだ。

「待ってる間、おまえだって躰が冷えるだろう。それに、おまえんちの風呂って無駄にデカイし、男二人で入っても充分…」

「――遠慮《えんりょ》する。俺に、そっちの趣味はない」

ぴしゃりと言って背を向ける真藤に、小鈴の顔が一拍置いてカッと赤くなる。

「そっ…そっちって、なんだ？　何バカなこと言っててんだよっ。俺は、ただ一緒に風呂…

…、ハッ……ハッ…」

そこまで勢い込んで言って、小鈴は、ハックション！　と盛大なくしゃみをした。

「いいから、さっさと入れ！」

脱衣所のドアがバンッと閉められた。


都内で立て続けに三件、拳銃を使った強盗殺人未遂事件が起きていた。

すぐに合同捜査本部が立ち上げられ、警視庁捜査一課が陣頭指揮を執《と》り、大掛かりな捜査が開始された。しかも同じ時期に、堂嶋《どうじま》組という暴力団が、近く拳銃密売の闇取引を行うとのタレコミがあったのだ。

もしかしたら強盗事件と堂嶋組には、拳銃繋《つな》がりで何か関係があるのではないか。

それとも、警察を攪乱《かくらん》させるためのガセネタか——

捜査本部には、暴力団や銃器・薬物犯罪を扱う組織犯罪対策課も加わり、騒然とした空気に包まれた。

小鈴と真藤は他の刑事たちと一緒に二十四時間体制で暴力団関係者の監視に当たった。

特に堂嶋組は代替わりを機に、最近急激に勢力を増してきた組だ。

警察は今回の事件で、関東一円の暴力団の勢力バランスが崩れる恐れもあると見て、警戒を強めつつ、慎重《しんちょう》に捜査を進めていた。

小鈴が風呂から上がると、入れ替わりに真藤がバスルームに消えた。

「勝手にビールを開けてるぞ」

声をかけたが、真藤から返答はない。

だが小鈴は気にせず、キッチンの冷蔵庫から缶ビールを取り出し、喉《のど》に流し込んだ。

やはり仕事を終えて飲む酒は格段に美味《うま》い。それに、真藤がさっきのことで本気で怒っているわけではないとわかったので、小鈴はさらに気分がよくなった。

脱衣所には、小鈴用のスウェットスーツも用意されており、びしょ濡れになっていたスーツやネクタイも、きちんとハンガーにかけられ、干されていたのだ。

小鈴は缶ビールを片手に、革張りのカウチソファにドサリと腰を下ろした。

「やっぱ帰るの面倒くさいな…。このまま、泊まってくか」

小鈴も仮眠を取るだけなら、もう何度もここに泊まったことがある。

だが、次の日が丸々非番の時は、必ず自宅に帰っていた。ハードな事件を担当する時は、休める時にきちんと休んで体力を回復しておくのが刑事としての務めだからだ。

今回も監視という地味な任務だが、いつ大きな動きがあるとも限らない。

刑事課の課長・佐々木《ささき》にも「名物コンビの活躍を期待してるぞ」と、肩を叩かれ激励された。

佐々木は三年前、小鈴に真藤とコンビを組むよう命令した人物だ。

本来、新人刑事の相棒には、ベテランが指導役としてあたることが多い。

だから小鈴と真藤は、珍しいケースだったようだ。

でも、同い年で大卒だという以外、見た目も性格も考え方も正反対という、一見噛《か》み合わなさそうな二人だったが、小鈴と真藤は互いに自分には無いものを補い合いながら、いいコンビに成長した。

「しっかし、いつ来ても、俺の部屋とは段違いで広いな」

小鈴は半分ほどビールを飲んでから息をつき、辺りを見回した。

真藤のマンションは、リビングが二十畳もある一人暮らしには贅沢《ぜいたく》な2ＬＤＫだ。高層階にあるので眺望《ちょうぼう》も格別だが、今夜はあいにくの雨で、夜景は臨《のぞ》めそうにない。

真藤の両親は大きな弁護士事務所を開いており、真藤の兄や姉もそこで働いている、いわゆるセレブな弁護士一家だ。

だが、それを言われると、真藤は途端に嫌な顔をする。

『うちの親兄弟は、弁護士の風上にも置けない、金儲《もう》けしか頭にない奴らばかりだ』

でもそういう真藤も、警察官になる前に司法試験には合格し、司法修習も受けている。

なんでも、大学在学中に合格すれば、進路は好きにしていいと親に言われたからだという。まさか親も、現役大学生の合格率が三パーセントにも満たない超難関の試験を、息子が一発でクリアするとは思ってもみなかったらしい。

『真藤。おまえどうして弁護士にならなかったんだ？』

『嫌いだからに決まってる』

コンビを組んでしばらくして、小鈴が尋ねた時、真藤はきっぱり答えた。

『だったら、せめて国家公務員一種試験を受ければよかったのに。おまえなら楽勝で合格してキャリアになれたんじゃないか』

『だろうな』

『だろうな…って、だったらなんで…』

『別に。単なる親への当てつけだ。ノンキャリで警察官になったと言ったら、親父の奴、卒倒しそうになっていた。うちの奴らは皆、警視庁の刑事を忌《い》み嫌ってるからな』

苦々しく吐き捨ててから、真藤はさすがに大人げないと思ったのか、咳《せき》払いをする。

小鈴はそんな真藤に親しみを感じた。

クールに取り澄《す》ましているよりは、よほど人間味が感じられたからだ。

『そういうおまえこそ、どうして警察官になったんだ』

小鈴は真藤に、父親は元刑事で、今は司法書士をしていると話した。

刑事は俺の天職だ…が口癖《くちぐせ》だったのに、病気の妻を看取《みと》るため、小鈴が中学生の時にきっぱり警察を辞めた。そして男手一つで、小鈴と弟や妹を育ててくれた。

自分は、そんな父親の志《こころざ》しを継《つ》ぐ思いで、警察官になろうと決めたのだ、と。

真藤はやけに神妙な顔をして、小鈴の話を聞いた後、噛み締めるように言った。

『小鈴……おまえは、尊敬できる親を持って幸せだな』

裏を返せばそれは、自分もまたそう在りたかったという気持ちにほかならない。

だからこそ真藤は、その苛立ちを警察官になることで、親に叩きつけたのだろう。

真藤は外見に似合わず、中身はクールではなく、むしろ情が深く、熱い人間なのだ。

そして小鈴にだけは、時たま本音をちらりと覗かせてしまう。

それが、とても嬉しい。真藤が自分に気を許している証拠だからだ。

もちろん小鈴も真藤を誰よりも信頼しており、三年経った今では、公私ともになんでも話せるベストパートナーだと確信していた。

小鈴は気持ちよくビールを飲み干した。

そして「もう一本もらうか」と呟きつつ、ソファから立ち上がる。

その途端、目の前でテーブルに置かれた携帯が鳴った。真藤の携帯だった。

小鈴はハッとしてディスプレイに目をやった。もしかしたら、緊急連絡かもしれないと思ったからだ。でも、そこには小鈴の知らない名前が表示されている。

ドキンと心臓が鳴った。

友華《ゆうか》――それは、明らかに女の名前だった。

着信音は一度途切れて、再び鳴った。小鈴は弾かれたようにバスルームのほうへ目をやった。だが、まだシャワーの音が聞こえており、真藤が出てくる気配はない。

と思う間もなく、今度は家の電話機が鳴り出す。

キッチンカウンターの上に置かれているそれは、すぐに留守録に切り替わった。

『わたし。友華』

聞こえてきた若い女の声に小鈴は息を詰めた。おそらく携帯と同じ女だろう。

『杏平、どうしてメールも電話もくれないの。友華、会いたくてたまらない。ね、いつでもいいの。また抱いて。お願い』

「抱っ…」

小鈴は慌てて口を噤《つぐ》んだ。抱いて、という直情的な言葉に、カーッと顔が火照《ほて》る。

――し…真藤の奴……彼女、いたのか…。

電話はそれきりかかってこなかった。

確かに真藤は女にもてる。悔しいが、署内でも女性職員の人気はダントツだ。

だから付き合っている女の一人や二人、いてもおかしくはない。

だが、そうは思うものの、小鈴はなぜだか無性に腹立たしくなった。

「……どうしたんだ、小鈴」

突然背後から聞こえてきた声に、小鈴は「わあああっ」と叫んで飛び上がった。

いつの間に出てきたのか、半裸の真藤が首にタオルをかけて立っていた。

「何してるんだ、こんな所で。ビールなら、まだ冷蔵庫に入ってるだろ」

「いや……その……。俺、帰るわ」

「帰る？　この雨の中を？」

真藤が中指で眼鏡のブリッジを押し上げ、怪訝《けげん》な顔をするのも無理はない。

窓ガラスを叩く雨は先刻よりも激しさを増し、空には時おり青白い稲妻も光っている。

「どうしたんだ。急に。何があった？」

自分でも不自然な態度だと思うのに、真藤がおかしいと思わないはずがなかった。

「……電話、何度も鳴ってたぞ」

小鈴が深呼吸をして言うと、真藤は「電話？」と片眉を上げた。

そして素早く携帯を取り上げると、着信者を確認する。その横で小鈴は言った。

「明日は非番なんだし、俺は帰るから、よろしくやれよ」

「小鈴？」

「あっちも鳴ってたぜ」

顎でキッチンカウンターの電話機を指し示す。真藤は携帯を持ったままつかつかと歩み寄り、赤く明滅《めいめつ》している留守録のボタンを押した。

部屋の中に、先刻の女のメッセージが響く。

だが、それを聞いても、真藤は小鈴に背を向け、黙ったままだった。

「お……おまえも、隅《すみ》に置けないな、真藤」

それに耐えかねて小鈴が口を開くと、真藤がようやくこちらを向いた。

能面《のうめん》のように、表情が見えない顔をしていた。

濃茶色の髪からポタポタと滴る水滴が裸の胸を濡らし、タオルに吸い込まれていく。

「彼女がいるならいるって、言っておいてくれればいいのに…。水くさいな」

詰《なじ》るように言って、小鈴はなぜ自分がこんなにも腹立たしいのか、理解する。

自分は真藤に隠し事などないのに、真藤にはあったのだということが、ひどくショックだったのだ。

「彼女なんて、いやしない。そんなこと、おまえだって知ってるだろう」

「またまた。照れるなよ、真藤。俺に遠慮はいらないって」

小鈴は、ハハハと乾いた笑い声を上げて真藤をひやかした。

「このところずっと忙しかったんだ。家に呼んで、思う存分、彼女の相手をしてやれよ」

ショックなだけでなく、男としての羨《うらや》ましさや妬《ねた》ましさも加わって、小鈴の口調が必要以上に刺々《とげとげ》しくなる。それにつれ、真藤の表情も険《けわ》しさを増した。

「――この女は、彼女なんかじゃない。単なるセフレだ」

「セ、セフレ？」

思わず声が上擦りそうになる。

もちろん小鈴も、女とは何度か付き合ったことがある。だが、それは皆、好きになって付き合った女ばかりだ。躰だけのドライな関係…いわゆるセフレは一人もいない。

だからつい、諭《さと》すような言葉が口を衝《つ》いて出た。

「おまえ……そんなに冷たい言い方するなよ。友華ちゃんだっけ？　可哀想だろ」

「可哀想？」

「ああ。あんなに必死になって電話してきて…。彼女、おまえに本気で惚《ほ》れてるんじゃないのか。ちゃんと付き合ってやれよ」

小鈴を見つめるレンズ越しの瞳が、すぅ…っと細くすがめられる。

「バカを言うな。お互い遊びの約束で寝た女を、いちいち彼女にしていたらキリがない」

淡々と突き放すように言って、真藤は留守録の消去ボタンを押す。

その冷徹な姿に、小鈴の苛立ちが急激に募《つの》った。

「いちいちって……まさかおまえ、今までもそうやって取っ替え引っ替え、女と遊んでたのか」

「……だとしたら、どうなんだ。見損なった…とでも言うのか」

真藤がゆっくりと眼鏡を外して問う。

それは被疑者を詰問《きつもん》するときの鋭い視線そのもので、小鈴は衝撃を受ける。

真藤からそんな目を向けられたのは初めてだった。

「べ…別に。そこまで言う気はねーよ。おまえが俺の知らない所で何をしようが、おまえの勝手だからな。それに俺も男だ。やる時はやってるしな。おまえが知らないだけで」

口早《くちばや》に言って、小鈴は真藤をにらみ上げた。

目を逸《そ》らせば、嘘《うそ》だと見抜かれてしまうからだ。

「小鈴、おまえ…」

「お互いさまだろ」

それは小鈴の男としての精一杯の見栄《みえ》だった。

真藤とコンビを組むようになって三年、彼女らしい彼女はいたことがない。

だが、嘘でも言わなければ、やっていられない気分だった。

「…ってことで、俺、帰るわ」

言って小鈴は、握りしめて潰《つぶ》れてしまった空《あ》き缶を、ごみ箱に放った。

そして、取ってつけたように笑って言う。

「雨は降ってるけど明日は非番なんだし、今夜は絶好のセフレ日和《びより》だろ？　おまえの邪魔《じゃま》しちゃ悪いしな。せいぜい後腐《あとくさ》れのないイイ女を引っかけて、やりまくればいい…」

「――俺の気も知らないで、わかったような口をきくな！」

聞いたこともないような怒号が部屋に響く。

と思う間もなく、瞠目《どうもく》する小鈴の躰がドンッとソファの上に突き飛ばされた。

「そんなにやれやれ言うんなら、やってやるっ」

言うが早いか、真藤は小鈴のスウェットをまくり上げて、上半身をあらわにした。

そして首だけを抜いた格好で、両腕をスウェットごと頭上で押さえ込む。

「なっ…真藤っ、何を…ああっ」

わけがわからないまま股間《こかん》をギュッと握り込まれ、あまりの痛みに眼前で火花が散る。

だが、それはすぐにやわやわと揉み込む動きに変わった。

「よせっ…」

ゾクッと背筋《せすじ》が震えた。だが、小鈴の意思とは関係なく、布地の上から触れてくる手は、官能の兆《きざ》しを的確に捕らえて煽《あお》り立ててくる。

硬く隆起《りゅうき》してきた形を五本の指でなぞり、強く擦られると、それが真藤の手だとは思えないほど感じた。

「何を…考えてるっ、……俺は、女とやれって…言ったんだ…っ」

小鈴は切れ切れに叫びながら、自由になる足を振り上げて抗《あらが》おうとした。

だが、真藤のほうが一歩早く、小鈴の足の上に乗ってしまう。

「女だろうが男だろうが、やることなんて大差ない」

たとえ訓練された警察官であっても、男の急所を握られ、手も足も押さえ込まれたら、まともな抵抗はほとんどできない。せいぜいが躰を左右に捩《よじ》る程度だ。

「真藤、冗談はよせっ」

「冗談なのは、おまえのほうだろう、小鈴」

頭上で薄く笑う真藤の手が、スウェットパンツのウエストをつかむ。

「あ……やめろ！」

下着ごと一気に引きずり下ろされ、小鈴の股間が晒された。

淡い茂みの中、弾け出た昂《たか》ぶりが生き物のようにヒクヒクと震えている。

「男が、男の手で勃起するなんて……それこそ、冗談みたいな話だな」

羞恥《しゅうち》と屈辱に、カッと頭に血が上る。

「女がいるなんて嘘だな。でなけりゃ、こんなに敏感なはずがない」

「嘘じゃな…あぁっ」

つぅぅ…と人差し指で、性器を根元からなぞり上げられた。

その感触に、ビクッと躰を震わせてしまった自分が悔しい。

真藤はそのまま小鈴の分身を握り、ゆるゆると表皮を扱《しご》き立てた。

「…っ、よ…せっ、真藤…っ、く、ぅうっ…」

小鈴はなんとか逃れようと、必死で躰をくねらせた。そのたびに、小柄ではあるが鍛《きた》えられている小鈴の胸や腹の筋肉が、きれいに引き締まる。

しかも勃起が進むに連れて褐色《かっしょく》の肌には汗が浮かび、しっとりとした光沢を放ち出す。

その姿態を、燃えるような目で見つめながら、真藤が唇を舐《な》めた。

「……濡れてきたな」

指先でグリッと先端の窪《くぼ》みを抉《えぐ》られ、痛みにも似た鋭い快感が背筋を突き抜ける。

その刺激に、鈴口から先走りが溢れ出て、真藤の手を濡らした。

「…も…嫌だ…っ、もう…、あぁっ」

「どこが嫌なんだ。嘘を言うな。次々溢れてくるぞ」

揶揄《やゆ》するように言って、真藤はクチュクチュと淫靡《いんび》な音を立てて、小鈴を嬲《なぶ》ってくる。

そのたびに躰の芯《しん》が熱く痺《しび》れて、口から甘ったるい声が出そうになった。

このままでは、あられもない声を上げて放ってしまうかもしれない。

それが嫌で、小鈴は歯を食いしばった
「…んっ……ぅっ…」

どうしてこんなことになってしまったのか。

自分の何が、そんなに真藤の怒りを買ったのか。わからない。

ただ、わかるのは、覆い被さるようにして、こちらを凝視《ぎょうし》してくる男が本気だということだ。

「何を我慢してる。これだけパンパンに勃たせておいて。それにここも……こんなに尖《とが》らせてるくせに」

容赦《ようしゃ》のない言葉を吐きながら、真藤は淫《みだ》らに手を上下させて、小鈴の胸の突起を舌で舐め上げてきた。

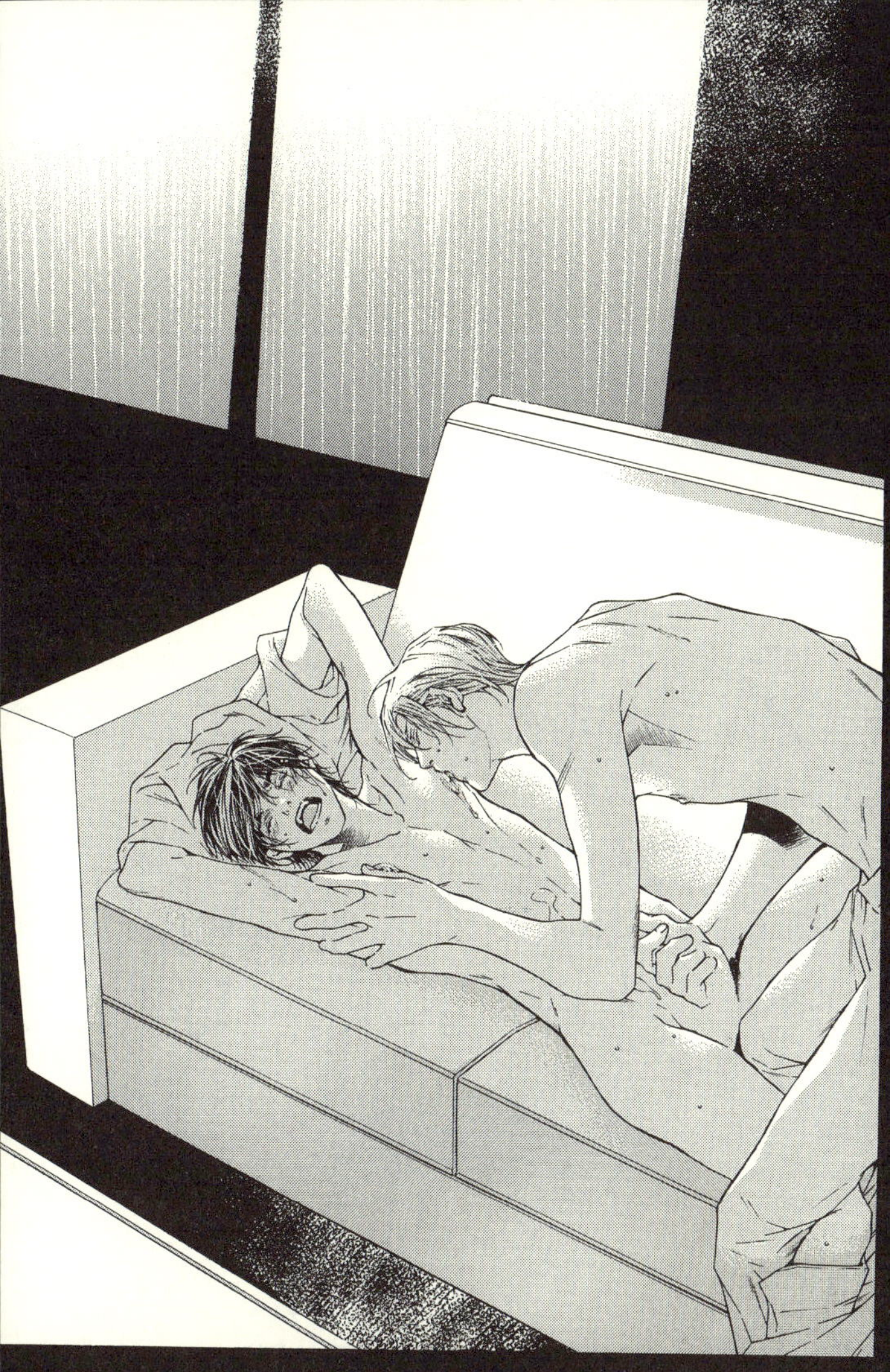

「なっ…や、ああっ…」

小鈴は襲いかかる快感の波に必死で逆らおうと、激しく身悶《みもだ》えた。

その痴態《ちたい》を真上から見下ろして、真藤が薄く笑う。

「――そろそろ達《い》ってみせろよ……小鈴」

そのかすその唇が、再び小鈴の胸に吸いつく。

途端に肌が粟立《あわだ》ち、躰の芯がドクンと熱く脈打つように疼《うず》いた。あげく舐め回されて凝ってきた乳首を甘咬《あまが》みされ、ピッチを上げて性器を扱かれては、もうひとたまりもない。

「やめっ…あっ、真…っ、あああっ！」

飛び散った白濁が、真藤の胸をべっとりと濡らす。

小鈴は硬く目を閉じ、何度も全身を痙攣《けいれん》させた。

「……よっぽど溜め込んでたんだな。たっぷり、出たぞ」

吐精のせいで朦朧《もうろう》とする中、聞こえてきた揶揄の声に、屈辱と怒りが込み上げる。

小鈴は弾かれたように目を見開き、真藤をにらみ上げた。

「真藤…っ……おまえ、正気か!?」

噛みつくように言った途端、背後で青白い何かがピカッと光った。

ガラス窓の外、閃光のように鋭い稲妻が、雨天を切り裂いていた。

リビングの照明がフッ…と一瞬消えて、再び点灯する。

その中で、真藤は裸の自分の胸を、手でなぞり上げていた。

「ああ。いたって正気だ」

そして、手で拭い取った白いものに目をやり、満足そうに微笑む。

「おまえ…何を考えて…あっ」

脱力している下肢《かし》から、乱暴に衣服と下着を抜き取られ、小鈴は全裸にされた。

そのせいで、押さえつけられていた両腕が解放される。

だが、小鈴が手首に絡まるスウェットを振り解くよりも早く、右膝《みぎひざ》がすくい上げられ、胸につくほど折り曲げられた。

「こっ…これ以上、何をする気だっ」

股間だけでなく、奥まった秘部まで暴《あば》かれ、あまりの恥辱に気が遠くなる。

「言わなきゃ、わからないのか？　この状況で」

しかも真藤は小鈴の尻の狭間に、ねっとりとした何かを指で塗り込めてきて。

「――もちろん、セックスだよ」

ずぶりと後孔に指を突き入れられ、小鈴が硬直する。

「やっ……やめ…ろっ、…真藤、…頭…冷やせ…っ」

襲う異物感と嫌悪感に、声が震えた。

「俺は冷静だ。躰は興奮してるけどな」

その言葉どおり、真藤は淡々と、だが冷酷に、指を奥へとねじ込んでくる。

それを阻止《そし》しようと自由になった手を振り回すが、力が入らずなんの足しにもならない。

かえって真藤の指を自身の躰で食いしめてしまい、小鈴はその感触に総毛立った。

「…く…っ…、これ以上、俺を……失望させるなっ」

「無理だな、もう」

「おまえは、俺の親友だろっ…、俺の相棒だろうが！」

叫ぶ背後で、再び青白い雷光が輝く。

真藤のシャープな顔立ちや切れ長の瞳が、その光に、くっきりと浮かび上がった。

それは見たこともないような剥《む》き出しの征服欲に満ちており、小鈴は凍りつく。

「悪いな、小鈴」

ズルリと指が引き抜かれる。

「――俺は、おまえを親友だと思ったことは、一度もない」

突き放す口調とは裏腹に、真藤はどこか痛んだかのように顔を歪ませた。

だがそれも、ほんの一瞬のことで。

「息を吐け」

両膝を持ち上げられ、股関節が軋むほど大きく開脚させられる。

ハッとして目を向けると、覆い被さってくる男の肉感的な裸体が見えた。

その中心には、隆々とした男根がそそり立っており、小鈴は目の前が真っ暗になった。

「や、やめっ…ひっ」

萎縮《いしゅく》する尻の狭間に、灼《や》けつくような熱がひたりと押し当てられる。

赤く潤んでいる窄《すぼ》まりの襞《ひだ》が、怒張の先端を呑みこんで、痛々しいほど広がった。

「…嫌だ…っ、真…どっ、よ…せっ…」

身を割られる衝撃に、小鈴はソファを掻きむしって逃げようとする。

それを許さず、真藤は小鈴の太股《ふともも》をつかんで引き戻した。

「思う存分やりまくれって言ったのは、おまえだろう、小鈴」

真藤が、ぐぅっと腰を突き入れてくる。

強張《こわば》る小鈴の全身に、冷たい汗が噴き出す。噛み締めた唇に、うっすら血が滲《にじ》んだ。

それを認めて真藤は小鈴の分身をゆるゆると扱き、その躰が弛緩《しかん》する一瞬を狙って、一気に己を埋め込んだ。

「うくっ…ああっ！」

灼熱の肉塊を押し込まれ、躰がメリメリと裂けるような音を立てて悲鳴を上げる。

フッ…と意識が遠のいた。

それを、目も眩むような閃光と、ド――ンッと轟く雷鳴が引き戻す。

朦朧として見開いた小鈴の目に、情欲に揺らめく男の瞳が映った。

「可愛いぞ……小鈴」

掠《かす》れ声で言って、男は口端を上げて笑った。

そして、奥の奥まで挿入したものを、じわじわと引き抜く。

「女みたいに……いや、女よりも、ずっといい」

いったい、これは誰だ？

こいつは、何を言ってるんだ？

「小鈴…っ」

低く呻いて、再び男が深く突き入ってくる。

「うっ、あああっ」

途端に襲ってくる激痛に、閉じたまぶたの裏側が真っ赤に染まった。

だが、容赦なく抜き差しは繰り返される。

「やめっ…あっ…んんっ」

噛みつくように唇を塞がれた。息もできないほどきつく吸われ、舌を搦め捕られる。
荒々しく叩きつけられる欲望に、頭がおかしくなる。
もう何も見たくない。聞きたくない。感じたくない。
信じていた男に、なぜここまで辱《はずかし》められるのか——まるでわからない。
「…小鈴っ」
ズンッと最奥を突き上げられ、灼熱の飛沫《ひまつ》が放たれた。
躰の内側がドロリと溶け落ちていくような感覚に、小鈴が激しく痙攣《けいれん》する。
その躰を、男は折れんばかりに抱き竦めてきて。
「——好きだ……小鈴…っ。……好きなんだっ…」
押し殺された低い声音。
はたしてそれが、誰のものなのか。
それとも、幻聴なのか——
途切れる意識の中、小鈴にはもう判断できなかった。

◆

小鈴と深森が、荒城を逮捕した翌日。

取り調べ調書を半分ほど書き上げたところで、声がかかった。

「どうだ、小鈴。荒城はゲロしたか」

弾かれたように顔を上げると、机の横に制服姿の佐々木が立っていた。

「あ…課長。それが、俺は殺《や》ってないの一点張りで。ヤクのほうは認めてるんですが」

「否認か。意外にしぶといな。やっぱり凶器《チャカ》が出ないんじゃ、決め手にはならんか」

「ええ。でも、奴には事件当日のアリバイはないし、林田とはヤクの売買の件で揉めていたという目撃証言もあるんで、おそらく自白も時間の問題だと思います」

答える小鈴に、佐々木は腕を組んで「うーん」と難しい顔をして言う。

「とりあえず、もう一度、現場周辺を徹底的に洗ってみたほうがいいな」

覚醒剤ブローカー殺人死体遺棄《いき》事件。

被害者の林田は、至近距離から左腹部を拳銃で撃たれ、出血多量で死亡した。

被疑者として逮捕された荒城の自宅マンション、及びホストクラブのロッカーからは、覚醒剤が発見された。

客の女たちに、密かに売り捌《さば》いていた裏付けも取れている。

尿検査では覚醒剤反応が出なかったことから、荒城本人は常習者ではなさそうだが、殺された林田から覚醒剤を購入、転売して荒稼ぎしていたことは、ほぼ間違いない。

押収した覚醒剤の袋からは、荒城のほかに林田の指紋《しもん》も検出されていた。

しかも事件前日、林田とは激しく口論していたこともわかっており、自宅からはモデルガンも多数押収されたのだ。

小鈴たちは、覚醒剤所持、及び売買の容疑で荒城の送検準備を進める一方、林田殺害についても容疑を固めるべく取り調べや捜査を進めていた。

「ところで深森はどうした。コレか」

佐々木が口元で煙草を吸う真似《まね》をして、顎をしゃくる。

小鈴は「はい」と苦笑してうなずいた。

警察署内は全面禁煙のため、本来なら喫煙はできない。だから深森も普段は禁煙パイポを咥《くわ》えてやり過ごしているようなのだが、たまにこっそり屋上で吸うことがあるのだ。

「…ったく、困った奴だな。小鈴にばかり面倒な仕事を押しつけて」

嘆息混じりに言う佐々木に、小鈴は首を振る。

「そんなことないですよ。深森さんとは、ちゃんと役割分担できてます」

「ほんとか」

「もちろんです。今回も深森さんがいなかったら、荒城は確保できませんでした」

「ならいいが…。深森ともコンビ組んで、そろそろ三年だろう。早いもんだな」

「ええ、そうですね」

「どうだ？　真藤の時と比べてみて」

ドキンと心臓が鳴った。あまりにもさらりと訊《き》かれて、取り繕《つくろ》う間もなく動揺してしまう。それでも小鈴は務めて冷静に答えた。

「…課長…。比べろって言っても、比べようがないですよ。タイプが全然違いますから」

「まぁ…確かにな」

「でも、深森さんはああ見えてもけっこう鋭いし、教えられることも多いです。それに、思いがけないところでフォローもしてくれて、何度も助けられました。俺が検挙率トップを保っていられるのも、深森さんのおかげです」

「ああ見えても、か」

佐々木が、少々メタボぎみの腹を揺らして、おかしそうに笑う。

「あいつもなぁ…昔は、おまえみたいに熱血漢だったんだが」

深森は三年前、新宿中央署に赴任してきた刑事で、真藤の時同様、佐々木が小鈴とコンビを組ませたのだ。

年齢は現在、四十才。長身で骨太な体格のせいで、真藤とはまた別の威圧感はあるが、伸びぎみのウェーブがかった黒髪に無精髭《ぶしょうひげ》を生やし、いつもかったるそうにパイポを咥えている姿は、かつて駿足敏腕で鳴らした刑事には到底見えない。

その昔、佐々木と同僚だった頃に、病気で幼い娘を亡くし、それが原因で離婚して以来、人が変わってしまったらしい。

「おまえは人一倍度胸も据《す》わってるし、刑事としての資質も申し分ないんだが、見た目と名前で損をするタイプだからな。相棒選びも毎度苦労するんだ、これが」

「ひどいですね、課長。俺だってもう三十二ですよ。昔とは違いますって」

「そうか？　中身はともかく、外見はあんまり変わらんように見えるが」

言い返したくても、実際、佐々木の言うとおりなので、小鈴は仕方なく口を閉ざす。

「……で？　最近、真藤はどうしてるんだ。元気でやってるのか」

再び真藤の話に戻されて、小鈴は顔を曇らせた。

話して聞かせられるような話題がなかったからだ。

「実は、ここ半年ばかり、会ってないんですよ。なんか…あいつも忙しそうで」

だが、小鈴が正直にそう言うと、佐々木は妙に納得して深くうなずいた。

「だろうなぁ。例の事件の後、いきなり警察を辞めて弁護士になった時も驚いたが、あっという間に独立して、事務所構えちまったんだもんな。まったくすごい奴だよ。まぁ、元々あいつはキャリアになれる頭はあったんだし、当然か。なるべくしてなった…っていうか、ようやく収まるべきところに収まったって感じか」

「…そうですね」

小鈴は佐々木に答えつつも、内心では同意できずにいた。

あれほど嫌っていた弁護士に、真藤がなぜなったのか――小鈴はいまだによくわからなかったからだ。

「佐々木課長、ちょっといいっすか?」

「おう。今、行く」

部下が呼びにきたのに答えて、佐々木は「じゃ頼むぞ」と言って小鈴の肩を叩いた。

◇

三年前の、あの日の翌朝――小鈴は佐々木の電話で叩き起こされた。

『小鈴っ、おまえ今どこで何をやってるんだ！　真藤から連絡が行ってないのかっ』

「すみません、課長っ。何かあったんですか？」

『バカもん！　取引だ。拳銃密売の！』

飛び起きた小鈴は、自分が真藤の部屋で一人で寝ていたことに気づく。そして、全身が軋む痛みに、昨晩、何があったのかも思い出し、カッと怒りを滾《たぎ》らせた。

――俺は、真藤の奴に…っ。

けれど今は、個人的なことで愕然《がくぜん》としている場合ではない。

真藤は急報を受け、佐々木に「小鈴と合流して現場に向かいます」と嘘をつき、一人で現場に急行したらしい。だがその後、真藤とは連絡が取れなくなり、現場の捜査員からは、小鈴の姿も見えないとの知らせを受け、佐々木が電話してきたのである。

「バカ野郎！　なんで起こさなかったんだ、真藤っ」

小鈴は襲う疼痛《とうつう》に顔を歪ませながら急いで着替えつつ、改めて怒りと屈辱に赤面した。

おそらく真藤は、意識を失った小鈴の躰をきれいに拭き、手当てをしてベッドに寝かせたのだろう。

テーブルの上には、無造作にタオルと塗り薬が置かれていた。


白昼堂々、拳銃の闇取引が行われるなんて、誰が予想できただろうか。

それも、青空の下、子供たちが遊ぶ、のどかな新宿T公園でだ。

しかも捜査本部の上層部は、今回のタレコミはガセだろうと高をくくっていた。

そのため、堂嶋組の張り込み班から「動きがあった」と情報が上がってきても、組織だった動きがすぐに取れなかったのだ。

小鈴はタクシーをフルスピードで走らせ、現場に到着した。

公園前の路上には、宅配便のトラックや乗用車が数台停車しているのが見えた。

だが周囲には覆面《ふくめん》パトカーはおろか、これとわかる捜査員の姿もない。

確かに真っ昼間、武装した狙撃班で公園を包囲すれば、それだけでパニックが起きてしまい、密売現場を押さえることはできなくなる。

警察が完全に裏をかかれた中、おそらく、個々に駆けつけている捜査員たちや真藤は、すでに潜伏《せんぷく》しているに違いない。

だが、真藤の携帯は、いくらかけても通じなかった。

――真藤っ。いったい、どこにいるんだっ。

小鈴は公園の手前でタクシーを降り、携帯をポケットに滑《すべ》り込ませた。

その直後。

パ――ンッと鋭い銃声が、青空を突き抜けた。

見れば、宅配便のトラックが急発進して、こちらへバックしてくる。

しかも大きくハンドルを切ったせいで、トラック後部がバウンドして歩道に乗り上げ、そこに公園のほうから小さな子供が乗った自転車が突っ込んできた。

母親が悲鳴を上げ、行き交う車のクラクションが鳴り響く。

「危ない！」

小鈴は反射的にダッシュし、路面を蹴ってダイブした。

だが、空中で子供の躰を抱き取り、路上に転がったところで動けなくなる。

いつもならそのまま反動で立ち上がり、回避することができたのだが、ズキッと腰に激痛が走ったのだ。

小鈴の眼前に、トラックの後部バンパーが迫った。

――もう駄目だ！

覚悟した瞬間、ドンッと激しい衝撃を受け、小鈴は子供もろとも真横に吹っ飛んだ。

しかしそれは、トラックが衝突したせいではなく――

「……真藤！」

後三十センチという所に、トラックの後輪が見えた。

そして鼻先には、小鈴と泣きわめく子供を腕に抱き締めて倒れ込む、真藤の顔が。

キキキッ…とタイヤの軋む音がした。

トラックは再び急発進して、今度は逆方向に走り出した。

と同時に、真藤は半身を起こし、素早くスーツの胸元に手を差し入れた。

パンパンパンッと、立て続けにあちこちから発砲音が響く。

まっすぐに伸ばされた真藤の右手にも拳銃が握られており、銃口から煙が上がった。

銃弾はトラックのタイヤに命中したのだろう。

猛烈なブレーキ音が聞こえ、車体がドドー――ンと地響きを立てて横転する。

その衝撃で後部扉が開き、中から次々と木箱が落ちて、道路上に散乱した。

積み荷はワインだったらしく、木箱から転がり出た無数のボトルが割れて、辺りは見る間に血の海のように赤く染まった。その中に、ビニール袋に入った黒い塊《かたまり》や、金色に輝く無数の小さな物体が散らばっているのが見える。

おそらくそれは――拳銃と弾丸。

「……大丈夫か……小鈴」

尋ねる真藤の顔が、ゆっくりとこちらを向く。

だがその額は、ワインよりもさらに真っ赤な鮮血に濡れていて。

「真藤――っ！」

叫ぶ小鈴を前に、真藤の躰が大きく揺らいで、地面に崩れ落ちた。

真藤が撃たれたのは、幸いにも頭ではなく、右腕だった。

それも銃弾はきれいに貫通しており、軽傷らしい。

頭からの出血は、小鈴と子供を助けた時に、路面にぶつけた傷のせいだという。

小鈴も肋骨《ろっこつ》にヒビが入り、あちこち打撲《だぼく》を負って、真藤と一緒に病院へ運ばれた。

二人は同じ病室で枕を並べた。

だが、真藤はなかなか意識が戻らず、小鈴は隣のベッドで眠り続ける真藤を心配しながら、まんじりともせずに夜を明かした。

事件は無事に解決した。

捜査本部は、自動拳銃マカロフPM八十五丁と、銃弾千二百発という、大量の押収物に沸き立った。しかも木箱の中には、末端価格で五億円分の覚醒剤まで隠されていたのだ。

結局、闇取引のタレコミはガセではなく、連続強盗事件のほうが目くらましだったらしい。

だが、白昼堂々裏をかかれ、銃撃戦にまで発展したものの、幸い民間人に怪我人はなく、警視庁は大成果を上げたこの事件を、鬼の首を取ったように公表した。

もちろん、小鈴と真藤が子供を救ったことも報道された。

見舞いに来た佐々木は「二人とも警視総監賞ものだぞ」と興奮していた。

でも、小鈴の胸の内は複雑だった。大きな事件が解決したことはもちろん喜ばしいし、刑事として表彰されることも誇りに思う。

けれど個人的な大事件のほうは、まだ何も解決していないのだ。

「…真藤…」

小鈴は、頭と腕に包帯を巻き点滴の管《くだ》に繋がれて眠る真藤の横顔を、じっと見つめた。

今でも信じがたいことだが、小鈴は真藤にレイプされたのだ。

正直、ショックが大きかったせいか、なぜあんなことになってしまったのか、小鈴にはよくわからない。

あの夜——風呂から上がって、女のことで揉めたのは覚えている。

お互いカッとききて、売り言葉に買い言葉で怒声を上げ、真藤は小鈴を押し倒した。

『男が、男の手で勃起するなんて……それこそ、冗談みたいな話だな』

思い出される嘲笑《ちょうしょう》に、ブルッと躰が震え、怒りと屈辱がよみがえる。

許せないと思った。真藤は小鈴の信頼を、手ひどく裏切ったのだ。

だが、その一方で、時間が経つにつれ、小鈴は自分にも何か非があったのではないかと考えるようになっていた。

真藤を、あそこまで激怒させるような、原因が。

『悪いな、小鈴。俺は、おまえを親友だと思ったことは、一度もない』

でなければ、真藤が小鈴《じぶん》をあんなふうに、ばっさり切って捨てるはずがない。

それに。

『——好きだ……小鈴…っ』

抑えきれずに絞り出されたような、低い響き。

耳の奥にこびりついて離れないその声を思い出すたび、小鈴は胸が苦しくなり、混乱する。

あれは幻聴だったのか、それとも、まさか真藤の…——

小鈴は痛む躰をゆっくりと起こし、ベッドから立ち上がった。

そして、真藤の側《そば》に歩み寄り、椅子《いす》に腰をかけて呟く。

「俺、わけがわからねーよ、真藤…」

もしも、あれが幻聴ではなかったのだとしたら、真藤は小鈴のことが好きだったというのだろうか――それこそ女のように、恋愛対象として。

小鈴は唇を噛み締めて、真藤の寝顔を見つめた。

真藤は頭や腕に怪我をしただけではなく、全身にもあちこち傷を負っていた。

小鈴も腕には点滴の管が、胸にはコルセットが巻かれ、顔も絆創膏《ばんそうこう》だらけだ。

小鈴は子供を守るため、そして真藤はそんな小鈴を守るために、身を投げ出した。

切り捨てたはずの小鈴を、それこそ命がけで救ってくれたのだ。

それは幻ではなく、紛れもない事実で。

「……真藤…。早く目を覚ませよ…」

小鈴は祈るように呟いた。

このままでは、何もかもがはっきりしない。気持ちのやり場もない。

一昨日まで真藤のことならなんでも知っていると思っていたのに、突然、別人のように理解できなくなってしまい、小鈴の困惑は深まるばかりだった。

できれば今すぐに、真藤を揺さぶり起こしたい。

そして、怒りや、戸惑いや、疑問のすべてをぶつけて、問い質《ただ》したい。

いったいおまえは何を考えているんだ、俺にどうして欲しいのだと。

小鈴はハッと息を詰めた。

目の前の真藤の手が、ピクッと動いたような気がしたからだ。

「……真…藤っ」

小鈴は椅子を蹴倒す勢いで立ち上がり、思わず顔をしかめた。

だが、小鈴は胸の傷が痛むのもかまわず、真藤の顔を上から覗き込んだ。

「真藤、気がついたのか!?」

その声に、眼前の瞼《まぶた》がゆっくりと開き、濃茶色の瞳が小鈴に向けられる。

「…小……す…ず…」

「大丈夫か、真藤。わかるか？　…よかった」

小鈴は安堵《あんど》の息をついた。

顔色はまだよくないし声も掠《かす》れているが、真藤の目はしっかりと小鈴を捕らえている。

だが、今度は逆に、その瞳が心配そうに揺れて。

「どう…したんだ…小鈴。なんで……そんな、ひどい…怪我…うっ」

絆創膏だらけの小鈴の顔に、真藤が手を差し伸べようとする。

途端に激痛が走ったのか、息を詰める真藤の顔から血の気が引いた。

「バカ、動くなっ。ひどい怪我なのは、おまえのほうだ。右腕を拳銃で撃たれたあげく、頭も打ったんだからな」

「…撃たれ…た？」

「ああ。一昼夜、ずっと眠ったままだったんだぞ、おまえ」

「どうして…だ…、何が…あった」

「昨日、拳銃の闇取引現場で、銃撃戦に巻き込まれただろう。その時に…」

「銃撃…戦？　闇取引？　……なんのことだ…いったい」

「真藤…？」

「事件は、昨日…捜査本部が、立ち上がったばかりだろう？　なのになぜ…そんな…」

痛みに顔を歪ませ、困惑を深める真藤に、小鈴はゴクリと唾《つば》を飲み込む。

「――真藤、おまえ……覚えてないのか？」


真藤は、被弾して倒れる以前の、十日間の記憶を失っていた。

記憶喪失。

正しくは、逆行性健忘という障害だと診断された。

頭部に衝撃を受けたため、一時的に記憶が欠落したらしい。

だが、幸いなことに精密検査をしても、脳には異常は見られなかった。

それに、事件も無事解決したし、十日間のほとんどは監視に費《つい》やしていたので、生活上支障はないだろうと判断された。

無理に思い出そうとすると、かえってストレスがかかって、躰によくないらしい。

生活する中で、自然に記憶が戻ってくるのを待つほうがいいと、医者は言った。

だが、真藤には支障がなくても、小鈴には大ありだった。

こんな状態では、真藤に怒りをぶつけるどころか、彼が激怒した理由も、「好きだ」という言葉の真偽も、確かめることはできない。

たとえ尋ねたとしても、真藤は何一つ覚えていないのだ。

あの雨の夜の出来事を。

「すまない、小鈴…。何も思い出せなくて」

「いいって。気にするなって。とりあえず今は、躰の傷を治すことが先決だ。な？」

まっすぐに小鈴を見つめ、真摯《しんし》に謝ってくる真藤に、ほかに何が言えただろう。

今は待つしかない――――小鈴は心の中で、自分に言い聞かせた。
だが。

「警察を辞めるって、いったいどういうことなんだ、真藤!?」

無事に退院して復帰後まもなく、真藤は退職願いを提出した。

「仕方がないだろう。視野が欠損している以上、もう刑事は続けられない」

「それは聞いた。でも欠損って言っても、ほんの少しなんだろ? だったら、俺が全面的にサポートする。おまえの目になる。だから、考え直せ」

「駄目だ。捜査に支障が出てからでは遅い。おまえの足手まといにはなりたくないんだ」

真藤は十日間の記憶だけでなく、右目の視野の一部も失っていたのだ。

レーザー治療で進行は食い止めたものの、網膜剥離《もうまくはくり》で欠けた視野は元には戻らないとのこと。それは完璧主義の真藤にとって、許容できないことだったに違いない。

でも、小鈴は真藤を失いたくなかった。

彼が頭から血を流して倒れ、このまま死ぬかもしれないと思った時に、小鈴は痛感したのだ。

たとえ何があろうと、自分にとって真藤は唯一無二の相棒であり、親友なのだと。

だからこそ真藤とは腹を割って話し合い、互いに悪いところは認めて謝罪して、やり直したかった。

そのために真藤の記憶が戻るまで、小鈴はいつまでも待つつもりでいた。

なのに――

「もう決めたんだ、小鈴。すまない」

真藤の意思は固かった。

佐々木を始め刑事課の同僚たちや、果ては署長までもが引き留めたが、真藤は辞意を撤回することなく、新宿中央署を去っていった。

その後ろ姿を、小鈴は半身をもぎ取られるような思いで見送ったのだった。

◆

「おー、調書、だいぶできてきたみたいだな」

隣席から聞こえてきた声に、小鈴はハッと我に返った。

いつの間に屋上から戻ってきたのか、パイポを口に咥えた深森が、小鈴のパソコンを覗き込んで感心していた。

小鈴はため息をつきながら言った。

「深森さん……煙草吸ってきたばかりじゃないんですか」

「バーカ。だから余計に口寂しいんじゃねーか。わかってないねぇ、喫煙者の気持ちが」

「わかりたくもありませんよ。煙草くさいのは嫌いです」

軽口を叩く小鈴に、深森は楽しそうに笑いながら、急に身を乗り出した。

そして、小鈴のデスクマットに挟まれている一枚の写真を指さす。

「…ってか。そうそう、こいつ。真藤……だっけ？」

ドキンと心臓が鳴った。

それは、真藤と小鈴が例の密輸事件で、警視総監賞を授与された時のツーショットだ。

課長といい深森といい、今日はやけに真藤の名前が出る日だ。

小鈴は気持ちを落ち着かせるように息をつき、口を開いた。

「どうかしたんですか……真藤が」

「いや、さっき屋上から眺めてたら、こいつが入ってくるのが見えたんだ」

「入ってくるって、どこに?」

「だから今、ここに。新宿中央署にだよ」

深森が人差し指を下に向け、言った途端。

「深森さん、小鈴さん」

刑事課の新人刑事が、入口で二人を呼んだ。

一緒に目を向けると彼は、自分の背後を親指で指し示して言った。

「荒城の弁護人だって男が来てますよ。接見させろって言ってます」

小鈴は息を呑んだ。

◆

長身に映える、見るからに高級そうなダークスーツ。

襟元《えりもと》には金色の弁護士バッジ。

濃茶色の髪を緩く後ろに撫《な》で上げ、細身の眼鏡をかけて小会議室に入ってきた真藤は、見るからに、やり手で隙《すき》のない若手弁護士という雰囲気を醸し出していた。

レンズ越しの切れ長の目は、刑事をしていた時よりも、さらに鋭く冷ややかに見える。

小鈴は半年ぶりに再会する真藤を前にして、緊張ぎみに言った。

「まさかおまえが荒城の弁護人になるなんて、奇遇だな、真藤」

だが、真藤はにこりともせず、椅子の背を引いた。

真藤は荒城と三十分間の接見を終えたところだった。

被疑者には、依頼すれば一度だけ無料で弁護士が留置所まで接見に出向いてくれる当番弁護士という制度がある。

だが真藤は当番ではなく、荒城の正式な私撰《しせん》弁護人として警察を訪れていた。

「おまえに挨拶《あいさつ》はいらないいな、小鈴」

淡々と答えて、真藤は胸元から名刺入れを取り出した。

そして、小鈴の隣に座っている深森を、ひたと見据《みす》えて、机の上に名刺を滑らせる。

「はじめまして。このたび、被疑者・荒城聖一の私撰弁護人になりました、真藤と申します。どうぞよろしくお願いします」

深森は名刺《それ》を恭《うやうや》しく取り上げると、会釈《えしゃく》した。

「深森です。こちらこそ、よろしく。真藤先生のことは、小鈴からいろいろと伺《うかが》っております。わたしとコンビを組む前は、先生が小鈴の相棒だったそうで…」

「先生はやめてください、深森刑事。普通に『真藤』でけっこうです」

さえぎるように言う真藤に、深森は肩を竦めて笑った。

「そりゃ、ありがたい。俺も堅苦しいのは苦手でね。…ってことで、さっそくだが、真藤さん。あんた、荒城のお抱え弁護士なのかい？」

「いえ。違います。今まで面識はありませんでした」

「ほぅ…。だったら、なんでこんな早く駆けつけてこれたのかな。まるで逮捕を見越していたように手際よく弁護人が登場して、俺たちも驚いてるんだが…。なぁ、小鈴？」

深森に振られて、小鈴は戸惑いながらもうなずいた。

「荒城は、当番弁護士の依頼は出していないし、家族にも知らせるなと言っている」

被疑者は逮捕され、勾留されると、外部との連絡はすべて断たれる。

なのに、なぜこんなに早く、しかも誰の依頼で真藤は弁護人になったのか――

「別に。うちの事務所は、スピーディかつスマートな業務を心がけているだけのことです。不正な行為はいっさいありません」

きっぱり言い切る真藤に、小鈴は口を噤《つぐ》む。

なんだか必要以上に、真藤にきつく当たられているような気がした。

なので、小鈴も自然と声のトーンが落ちる。

半年ぶりというだけでなく、かつては一緒に働いていたこの署内で、再び真藤と顔を合わせられて、小鈴は純粋に嬉しかったのだが、どうやら彼は違うらしい。

「……何もおまえを疑ってるわけじゃない。ただ単純に、疑問だっただけだ」

顔を曇らせる小鈴に、真藤が嘆息混じりに言う。

「なんのことはない。依頼を受けたのが昨夜だったから、早く対処できただけのことだ」

「昨夜って…そんなに早くに？」

「ああ。被疑者の友人経由で、うちに依頼が回ってきた」

「ホストの友人…っていうと、こりゃ女かな？　もしかして、ホストクラブの客とか？」

身を乗り出す深森に、真藤は冷ややかに答える。

「守秘義務があるので、それ以上は明かせません」

だが、深森は「なーるほど」と言って偉そうに腕を組み、椅子の背に寄りかかった。

「歌舞伎町のあの辺は、ホストクラブが多い。ってことは、必然的に女も多い」

その言葉に、小鈴は横を向いてうなずいた。

「そういや、昨日も雨なのに、人出はすごかったですね」

「だろ？　もし、あの中に荒城の客がいて、昨日の逮捕劇を目撃してたらどうだ？」

「すぐに噂《うわさ》は広まりますよ。それこそ、あっという間に」

「客の中には当然、荒城にゾッコンラブな女も、わんさかいるよな」

「ゾ……そりゃ、いるでしょう。何せ荒城は、店ではナンバー2だそうですから」

小鈴は「もっと他の言い方はないんですか」と言いたいのを我慢して、返答する。

「だったら、荒城の…あー……荒城の名前、なんつったたっけ、小鈴？」

「聖一、ですか？」

「ああ、それだそれ。だからだな、『聖一は、わたしが絶対助けるわ』的な熱烈な女が、真藤先生の元に駆けつけてきて、弁護の依頼をしたんじゃねーか…ってことだ」

小鈴がポンと手を打つ。

「そうか。そうですね。…そうなのか、真藤？」

畳みかけるような二人の会話を黙って聞いていた真藤は、思わず勢いで尋ねてきた小鈴から、隣席に座っている男に視線を流し、嘆息する。

「……勝手に憶測して、筋読みされるのは結構ですが、被疑者が否認している事実にも、しっかり目を向けていただきたい」

眼鏡のフレームを中指で押し上げ、固い声で言う真藤に、深森がフッと笑った。

「悪いが、もっと具体的に言ってくれねぇかな…真藤さんよ。遠回しに言われても、頭の悪い俺には、さっぱりでね」

嫌味ったらしく言う深森に、真藤の口調がさらに険《けわ》しくなる。

「被疑者は、殺人をきっぱり否定しています。なのに警察はアリバイが無いということと、単なる口論の目撃証言に頼って、自分を容疑者に仕立て上げようとしている。荒城はそう訴えていますが、事実ですか」

「仕立て上げる？　女をヤク浸けにして食い物にしてるホストが、よく言うぜ」

「では、凶器は見つかりましたか？　殺害の動機《どうき》はなんです？」

矢継《やつ》ぎ早に訊いてくる真藤と、なぜだかそれをせせら笑う深森の顔を、小鈴は困惑しながら見比べた。

そして、たまらず口を挟む。

「真藤、凶器はまだ見つかってないが、荒城の部屋からは、かなりの数のモデルガンが押収された。その中には、被害者を射殺した拳銃と同型のものもある」

小鈴の説明に、真藤の片眉がぴくりと撥《は》ねた。

「だからといって、本物の拳銃を所持していた裏付けにはならないだろう」

「だが、構造や扱いに慣れていた可能性や、改造していたという疑いも否定できない」

「あくまでそれは可能性だ。事実ではない」

「確かにそうだが、荒城は、林田と覚醒剤の価格交渉で激しく揉めていたそうだ。単なる口論とは、わけが違う」

「小鈴。それ以上、こっちの手の内を見せるな」

ぴしゃりと言って、深森が小鈴を止めた。

それを見て、真藤が静かに、だが重々しく言う。

「――誤認逮捕や冤罪《えんざい》事件の多くは、自白の強要による、嘘の供述から始まる」

「真藤、おまえ、何をっ…」

「何が言いたい」

小鈴を制止して凄《すご》むように問う深森を、真藤は真っ向から見据えた。

「警察は被疑者の自白にばかり頼らず、もっと物的証拠を揃える努力をするべきです」

「そんなことは、言われなくてもやっている」

「そうですか。それは心強い。では、わたしも安心して弁護活動をさせていただきます」

「言いたいことは、それだけか」

「今日のところは」

そう言って真藤は椅子から立ち上がった。

そして、小鈴にちらりと目線を向けると踵《きびす》を返す。その背中に小鈴は、警察を辞めて去っていく時の真藤の後ろ姿を思い出し、思わず腰を浮かせた。

「…真藤っ」

呼び止める小鈴に、真藤がゆっくりとこちらを振り返る。

感情の見えない冷ややかなその相貌《そうぼう》に、小鈴の胸が締めつけられるように痛んだ。

「真藤……おまえ、なんでそんなふうに喧嘩腰《けんかごし》なんだ」

三年前、刑事を辞めたとはいえ、小鈴にとって真藤は今でもかけがえのない親友であり、最高の相棒だったことに変わりはない。

――なのに、なぜこんな…。

「当然だろう。以前はどうあれ、今、俺たちは敵対関係にあるんだ」

敵対関係――その言葉に、小鈴の胸が再びズキッと痛む。

『小鈴……俺は、おまえを親友だと思ったことは、一度もない』

思い出したくない言葉が、やけにくっきりと脳裏に浮かび、小鈴は唇を噛み締めた。

だが、そんな小鈴に、真藤はさらに冷たく言い放つ。

「わかっていたことじゃないか。俺が弁護士で、おまえが刑事である限り、こうして闘う時が必ずくると。……悪いが、容赦《ようしゃ》はしないぞ」

「真藤…」

絞り出すように言う小鈴の横で、深森が立ち上がった。

そして何を思ったのか、いきなりグッと小鈴の肩を抱き寄せる。

「だったら、受けて立とうじゃないか。なぁ、小鈴」

言って深森は、ハッハッハと、わざとらしく豪快《ごうかい》に笑った。

「ふ…深森さん？　……何をするんですかっ」

小鈴は慌てて深森の腕を払い、そして息を詰める。

レンズ越しに、ひたりとこちらを見据えてくる真藤の視線と、深森のそれとが、一瞬、火花を散らすようにかち合った。

◆

「で。凶器は見つかったのかよ、刑事さん」

机の向かいに座る小鈴に向かって、荒城がでかい態度で言う。

弁護人がついたせいで、俄然《がぜん》強気になったらしい。

だが、小鈴はあえて淡々と応じる。真藤に何を入れ知恵されたのかはわからないが、

「俺は殺ってない！」を連発していた時よりも、今のほうが喋《しゃべ》らせ易《やす》そうだったからだ。

「まだ見つかってはいない。だが、おまえが林田と覚醒剤を売る、売らないで、つかみ合いの喧嘩をしていたことはわかっている。『てめぇ、ぶっ殺してやる』という罵声《ばせい》も、はっきり聞いたという証人もいるんだ」

「そりゃ、言葉のアヤってもんだろ、アヤ。わかる？　カッとくるたび、いちいち人殺しをしてたんじゃ、世の中、殺人犯だらけになっちまうだろうが」

「確かにな。でも、だったらなぜ、ぶっ殺したくなるほど林田と揉めたんだ。それなりの理由があるんだろう」

諭すように言うと、荒城はチッと舌打ちをして言った。

「……あいつ、こっちの足元を見やがったんだよ」

「足元を見る？」

「ああ。前よりも上物のヤクだとか言って、どんどん値をつり上げてきて。俺も、全然知らない売人からヤクを買うよりは、林田から買ったほうがリスクが低いし、ある程度は我慢してたんだ。でも、限度ってもんがあるだろ。こっちだって商売なんだし」

「商売って……おまえの商売は、ホストじゃなかったのか」

「やだな〜、だからホストは本業、ヤクは兼業だってば」

いかにも女受けしそうな営業スマイルを浮かべて言う荒城に、取調室の壁に寄りかかり、腕を組んでいた深森がギロリとにらんだ。

「どっちも大差ねぇだろうが。女を食い物にして骨の髄《ずい》までしゃぶるのに変わりはない」

「あ。ひどいな、刑事さん。俺はヤクザみたいに、女の子をシャブ漬けにする気なんてサラサラないから〜。ヤクはさ、アレの時に使う媚薬《びやく》みたいなもんだよ」

「おまえにその気がなくても、実際、ヤク中になって金を使い果たし、風俗に堕《お》ちた子がごっそりいるんじゃねぇのか。おまえが知らないだけで。…調べてみるか？」

「そ…そこまで責任は持てねーよ。一応みんな、合意の上でやってんだから」

深森の脅《おど》しに、荒城がビビりながら言う。

取り調べは駆け引きだ。小鈴があくまで穏便に質問をする傍らで、深森がプレッシャーをかける。その絶妙な間合いで被疑者を揺さぶり、供述を促《うなが》すのだ。

「…荒城。おまえ、なんでそこまでして金が欲しかったんだ」

小鈴の質問に、荒城はすぐさま切り返した。

「だって世の中、所詮《しょせん》は金じゃねーか。金が欲しくない人間なんていやしねーだろ。いくらあったって困らねーからな、金は。刑事さんだって、本音はそう思ってるだろ?」

「金、金って……やっぱ根っこは、ヤクザと変わりねぇな。腐《くさ》ってる」

嘆息し、蔑《さげす》むように深森が言う。

その口調にカッときたのか、荒城は「決めつけてんじゃねーよっ」と噛みついた。

「田舎の親が借金抱えてんだよっ。バカだから保証人になっちまって、トンズラされて。あげく、親父が倒れて入院してるんだ…。いくらあっても、足りねーんだよ…金が」

だが、最後のほうは急に里心がついたかのように、声が細くなる。

肩を落としてうつむいて見せる荒城に、深森が舌打ちをした。

「ほぅ…今度は泣き落としか。上手いもんだな。女ならそれで騙《だま》せるだろうが、あいにく、こっちはそういうのに慣れてるんだ。通じねぇよ」

冷ややかに切り捨てる深森に、荒城はパッと顔を上げた。

そして真顔になって小鈴と深森をにらみつける。

「やっぱ、弁護士さんの言ったとおりだな。警察は本当のことを話しても、自分たちに都合のいいようにしか取らない。だから、必要最低限のことだけしか喋るなって。あんたらも林田と同じだよ。人の足元見やがって…っ」

そう吐き捨てた後、荒城はぴたりと口を閉ざし、何を訊いても答えなかった。


「どう思います、深森さん」

「どうもこうもねぇだろ。ヤクの容疑は固まってるんだ。物証も揃ってる。先にそっちを送検して、コロシは凶器が発見され次第、再逮捕。それで決まりだろう」

「そうですかね…」

「ああ。動機も充分だろう。荒城は金が欲しかった。そのためには、ヤクの安定供給元を確保したい。なのに、林田は荒城の足元を見て、価格をどんどん吊り上げた。それにカッときて、荒城は隠し持っていた拳銃を持ち出して、ズドン！」

そう言って、深森は手で拳銃を撃つ真似をする。

だが、一見筋道が通っているように見えて、小鈴は何か引っかかるものを感じる。

深森は自分よりも刑事としての経験が豊富で、過去の事件パターンにも精通している。

そのおかげで、スピード解決することも少なくはない。

だが、ごくたまに、先入観が邪魔するケースがあることも、事実だった。

「でも、借金の話が本当なら、逆に荒城は林田を殺さないいんじゃないですか？　殺せば、それこそヤクの安定供給元がなくなる…。仕送りができなくなって困るのは荒城です」

「うーん…。確かに、そういう見方もできるな」

小鈴が思案げに言うと、深森はあっさりうなずいた。

「とりあえず、実家の借金関係は、今、裏を取ってるから、じきにはっきりするだろう。でも、ホストってのは騙してナンボの人種だからな。口からでまかせの気もするが」

深森は率先して先読みするわりには、あまりそれに固執《こしつ》しない。

小鈴が異論を唱えると、コロリと考え方を変えることがある。

結局、事件を早期解決できるなら、なんでもありの、こだわりのない性格なのだ。

「それと凶器の件ですが、荒城が同型のモデルガンを所持していたからといって、本物の拳銃も持っていた…って考えるのは、やっぱりちょっと強引すぎやしませんか」

「ま、確かに、荒城が一般人ならな」

小鈴の言葉に、深森がうなずいた。

「でも、奴はホストで、ヤクの売人だ。その分、暴力団にも近い。拳銃を手に入れようと思えば、一般人よりもはるかにツテは多いし、容易《たやす》いはずだ」

「それはわかってます。現段階で、荒城がコロシの最重要参考人だってことに変わりはない…。ただ、この事件、そんなに簡単じゃないような気がするんです」

「お？　刑事の勘《かん》ってやつか、小鈴。それとも…」

深森が椅子から身を乗り出して言う。

「——すっかり、真藤に感化されちまったか？」

突然、真藤の名前を出されて、ドキンと心臓が鳴った。小鈴は慌てて首を振った。

「そ…そんなんじゃないですよ。俺は、ただ…」

「くぅ〜。切ないねぇ。今の相棒はこの俺なのに、昔の相棒に肩入れするなんて」

「だから、肩入れとか違いますって」

「そうかぁ」

ちゃかすように言う深森に、小鈴は「そうです」ときっぱりうなずく。

「俺はただ、あいつが、もっと物証を揃えろって言ったのが、気にかかってるだけです」

「自白に頼ってると、冤罪を生む…とか言ってたやつか」

「はい。真藤の捜査方針は、まず物証ありきでしたからね」

「物証ありき、ねぇ。そりゃ『言うは易《やす》く行うは難《かた》し』だろ。証拠や証言集めは、手間暇《てまひま》ばっかかかって…」

「それが真藤にやらせると、異様に早いんですよ。あいつはもともと頭の回転が早くて、性格もマメで、行動もそつがないっていうか、無駄な動きがほとんどないんですよね。だから一緒に聞き込みに回ってても、めちゃくちゃ効率がよくて…」

「かーっ、嫌味な男だねぇ」

喜々として語り始めた小鈴をさえぎって、深森が言う。

「それだけ頭がよくて優秀で、その上イイ男だなんて、さぞかし女性警察官たちがほっとかなかっただろうなぁ。あげく、今はあの年で弁護士事務所の所長だ。将来性抜群じゃねぇか。恵まれてる奴は、どこまでも恵まれて…」

「――あいつは、辞めたくて刑事を辞めたわけじゃない。好きで弁護士になったわけじゃありません」

ぴしゃりと小鈴が言い切る。

それに驚いて刑事部屋に残っている数人の刑事が、こちらに目を向けた。

「あ。すまんすまん。あんなにツンケンしてた真藤を、おまえが褒《ほ》めちぎるもんだから、つい…な。単なるオヤジのやきもちだ」

深森は慌てて片手を挙げると、謝罪した。もちろん小鈴も、すぐに苦笑する。

確かに面談した時の真藤は、小鈴に対して必要以上に冷たかったと思う。

深森が気を悪くしても、不思議がないほど。

「……真藤って、確か目を悪くして退職したんだっけか」

「そうです。三年前の密輸事件の後に」

「ああ。あの事件は俺もよく覚えている。大量の拳銃と覚醒剤が押収されて、堂嶋組も解散になって……。おまえと真藤は、警視総監賞をもらったんだよな」

「でも真藤は、その時の銃撃戦で怪我をして、右目の視野を失って……」

「そんなに悪かったのか。刑事を辞めなきゃならないほど」

「いえ…失ったのはほんの一部だと聞きました。でも真藤は、捜査に支障が出てからじゃ遅いって言って、自分から警察を辞めたんです」

当時のことを思い出して、小鈴は顔を曇らせる。

あの時、真藤が自分を庇《かば》って助けなければ、視野を失うことも職を失うこともなかったのかもしれない――この三年間、何度そう考えて自責の念に駆られたことだろう。

「そうか…。ちょっと俺も、大人げなかったな」

「え？」

「いや、真藤があんまり小鈴をいじめるから、俺もムキになっちまって…。考えたら、真藤にとってここは古巣で、なのに小鈴の隣には当たり前のように俺がいて、元相棒としたら複雑な気持ちだったんだろうなと…。辞めたくて辞めたわけじゃないなら、余計にな」

深森に言われて、小鈴は目を見開く。

そんなふうに考えたことは、なかったからだ。

『以前はどうあれ、今、俺たちは敵対関係にあるんだ』

真藤が冷たい態度を取るのは、彼の言葉どおり、自分たちが対立する立場にあるからだとばかり思っていたのだ。

「でも、エリート志向の奴って、どうしてそう自分に厳しいかなぁ…。まぁ、そうでなけりゃ、刑事にしても弁護士にしても、一流にはなれないんだろうけどな。俺の同期にも、ノンキャリなのに警視にまで昇り詰めて、本庁勤めになった男がいる。『ノンキャリ希望の星』って言われててな。俺の元相棒で、大河原《おおがわら》っていう奴なんだが…。ああ、そういや、その密輸事件で捜査本部にも参加してたぞ」

「大河原警視《けいし》…ですか。記憶にはないですけど。でも、すごいですね。ノンキャリで、警視で、本庁勤め。しかも深森さんと同期で元相棒……ですか」

「なんだ。その含みのある言い方は？　何が言いたい」

別に嫌味を言ったつもりはないのに、敏感に反応する深森がおかしい。

そのせいで、沈みかけていた小鈴の気持ちが少し浮上した。

「何もないですよ、深森さん。気にしすぎ…」

「深森さん、小鈴先輩！　荒城の実家の件、裏が取れました」

刑事部屋に声が響いた。

今回の事件で小鈴たちと一緒に捜査を担当している、嶋田《しまだ》という若い刑事だ。

小鈴と深森は弾かれたように嶋田に目を向けた。

「おう。ご苦労さん。で、どうだった？」

「はい。どうやら、荒城の実家には、二千万近い借金があるようです」

「二千万っ？」

息せき切りながら近づいてきて喋り出す嶋田に、小鈴と深森は同時に叫ぶ。

「ええ。二年ほど前に、父親の知人の工場が不渡りを出して夜逃げしたそうです。父親は連帯保証人になっていたせいで借金を被り、ショックで倒れて入院したとか」

「でまかせじゃなかったか…」

舌打ちをして言う深森の横で、小鈴が「で、ほかには？」と訊く。

だが、嶋田は首を横に振った。

「それが、あんまり…。なんでも、警察にはあれこれ迂闊《うかつ》に内情を洩らさないようにって、弁護人から家族に連絡が行ったみたいで、これだけ聞き出すのも一苦労でした」

「弁護人って……まさか、真藤が？」

驚く小鈴の背後から、今度は佐々木課長の声が聞こえた。

「おい、深森、小鈴。抗議文書が届いてるぞ」

「抗議文書!?」

小鈴と深森と嶋田は、いっせいに叫んで後ろを振り返った。

佐々木は手に持った書類を翳して見せながら、靴音も高く歩み寄ってくる。

「ああ。荒城に対しての、強引かつ一方的な取り調べ、及び誘導尋問で、事実に反する供述調書が作成される怖れあり。ただちに中止、改善されたしと、私撰弁護人からな」

差し出された書面の末尾には、『真藤法律事務所　弁護士・真藤杏平』と、くっきり記されていた。

『俺が事務所を持ったからといって、こうしてたびたび顔を出されたら困るんだ。刑事が頻繁《ひんぱん》に出入りしているなんて噂が立ったら、営業に支障がでるからな』

真藤にそう言われたのは、ちょうど半年前——

それ以来、ここに足を向けたことはない。

だから小鈴は、いまだにためらっていた。

◆

午後八時。小鈴は、真藤法律事務所が入っているビルの前に来ていた。

駅にほど近く、繁華街も側にあるので、この時間帯でも人通りは絶えない。

それに加えて真藤の事務所は、法律事務所にありがちな重々しいイメージとは違いスマートで洒落《しゃれ》た造りになっているので、かなり繁盛《はんじょう》しているようだった。

事務所のある三階の窓を見上げると、まだ灯《つ》りが点いていた。

ということは、誰かが残って仕事をしているのだろう。

確か職員は、真藤を含めて三人。白髪交《ま》じりの男の弁護士と、司法修習を終えたばかりのような男の弁護士がいたはずだ。

——追い返されたら、その時はその時だ。

小鈴は意を決するように息をつき、ビルの中へ足を進めた。


真藤の記憶が戻らないままなら、いっそのこと自分も封印してしまおう。

そして親友として、元相棒として、真藤と変わらない付き合いを続けていこう。

この三年間、小鈴はそう思って過ごしてきた。

自分だけがいつまでもあの夜に囚われて、ぎくしゃくした態度を取っていたら、真藤を困惑させてしまうと思ったのだ。

それでも、時おり不意打ちのように記憶がよみがえってきて、戸惑いや疑問や羞恥《しゅうち》が一気に再燃し、いたたまれなくなることがある。

真藤に「まだ思い出さないのか」と詰め寄りたくなることも、少なくなかった。

だが逆に、そこまでこだわる理由を問い返されたら、小鈴は上手く説明できる自信がなかった。いくらなんでも「事件前の夜、喧嘩をして激怒したおまえは、俺を押し倒してレイプしたんだ」などと、言えるはずがない。

それでも一度だけ、それとなく尋ねてみたことがある。

だが、真藤は困惑した顔で「すまない」と頭を下げるだけだった。

結局、真藤の記憶が戻らない限り、何も問い質《ただ》すことはできず、解決する術《すべ》もないのだ。

だから小鈴は、真藤が退職しても、今までどおりの態度で接した。

さすがに真藤のマンションには行けなかったが、電話やメールは絶やしたことがない。

しばらくして真藤が親の弁護士事務所を手伝い始めると、あまり連絡も取れなくなったが、小鈴も深森と新しくコンビを組んだせいで忙しくなり、淋しさも紛れた。

そうして二年が経った頃、真藤は独立して事務所を構えた。

まさかあれほど毛嫌いしていた弁護士に真藤が本気でなるとは思わず、小鈴は驚いた。

でも、これでまた気軽に真藤の顔を見に行ける、交友を深められると、明るい気持ちになった。それなのに。

『俺が弁護士で、おまえが刑事である限り、いつか必ず闘う時がくる。悪いが、もう以前のようにはいかないんだ』

冷ややかな拒絶の言葉に、小鈴は自分でも思いがけないほどショックを受けていた。

「失礼ですが、ご予約いただいておりましたでしょうか」

「…いえ。していません」

愛想《あいそ》良く尋ねてくる受付嬢に、小鈴は思わず面くらい、首を横に振った。

事務所の入口で応対に出てきたのが、タイトスーツに身を包んだ、モデルばりの美人だったからだ。半年前に来た時には、いなかった女性だ。

「大変申し訳ございませんが、当事務所は完全予約制になっておりまして…」

だが小鈴も刑事だ。

すぐに本来の目的を思い出し、胸元のポケットに手を差し入れる。

「新宿中央署の小鈴と言います。実は、所長の真藤さんに、お話があって伺いました」

差し示した警察手帳に、女性は大きく目を見張り、そして丁重《ていちょう》に頭を下げた。

「まぁ……刑事さんでらしたんですか。申し訳ありません。すぐに真藤に…」

「――南川《みなみかわ》くん。かまわない。入ってもらってくれ」

奥から真藤の低い声が聞こえた。途端に小鈴は緊張する。

だが、真藤はパーテーションの向こうで電話をしているのか、小鈴が応接フロアに通されても、すぐに姿を現さない。

それでもまだ門前払いを喰《く》らわなかっただけ、ましかもしれないと、小鈴は思う。

「少々、お待ちくださいね。ただ今、お茶をお持ち…」

女性が小鈴に恭しく言いかけたところで、真藤が割って入るように現れた。

「いや、いい。もう帰るところだったんだろう、南川くん」

「でも…」

「彼はわたしの友人だ。気は遣《つか》わず帰ってくれていい」

薄いブルーのワイシャツにベスト姿という長身の真藤と、南川という魅力的な女性が並ぶと、まるでそこだけが艶めいた世界のように見えて、小鈴はドキマギしながら目を逸らした。

——バカだな…。何をうろたえてるんだ、俺は…。

そう思い直して視線を戻すと、南川が真藤に「わかりました」とうなずいていた。

「それでは、お先に失礼させていただきます。あ…それと、所長。先ほどの資料、すべて整いましたので、デスクの上に置いておきます」

「もうできたのか。それは助かる。ありがとう」

真藤が笑みを浮かべて言うと、南川もまたうっすら微笑む。

その姿に小鈴の胸がチクリと痛んだ。

真藤の笑顔を見たのは、何年ぶりだろう。昔は当たり前のように側にあった笑顔が、自分に向けられたものではないことに、小鈴は一抹《いちまつ》の淋《さび》しさを覚える。

二人で容疑者を確保した時、事件を見事に解決した時、「やったな、真藤」とガッツポーズで後ろを振り返ると、そこには必ず真藤の笑顔があった。

でも、それはもう遠い過去の話で――

「……それで？　用件はなんだ、小鈴」

真藤は、小鈴が座るソファの真向かいにドサリと腰を落とした。

見れば事務所の中には、自分たち以外は誰もいない。南川も帰ったようだ。

小鈴は一気に高まる緊張の中、背筋を正して口を開いた。

「――抗議文書のことだ」

真藤の片眉がピクッと撥《は》ねる。だが小鈴はかまわず続けた。

「おまえが弁護人として、正当な主張をしていることはわかる。でも、何もあそこまでする必要はないんじゃないのか。いくら敵対関係にあるっていっても、知らない仲じゃないんだ。俺に一言釘《くぎ》を刺せばすむことだろう。佐々木課長も、さすがに憤慨《ふんがい》してたぞ」

「……おまえ、課長に言われてここに来たのか」

「まさか。俺の独断だ」

きっぱりと言う小鈴に、真藤は深く嘆息し、眼鏡越しの鋭い視線を向けた。

「まだ、わかってないようだな、小鈴」

「何がだ」

「そういう馴れ合い感覚が、警察の腐《くさ》った体質を生むってことをだ」

「なっ…」

「警察を外から見ていると、よくわかるんだよ。自分が刑事だった時には気づかなかった、いろいろなことが」

先刻、見せた優しげな笑顔とは真逆の冷たい表情に、小鈴の胸が軋む。

なぜ真藤は会うたび、こんな険しい顔をするのか。いくら自分たちが刑事と弁護士という相容《あいい》れない立場にあるのだとしても、ここまで冷徹な態度を取る必要はないはずだ。

小鈴は波立つ気持ちを堪《こら》えながら、あくまで刑事として言った。

「真藤…。俺たちは、何も荒城を無理やり犯人に仕立て上げようとしているわけじゃない。ただ、容疑が濃厚だから、厳しく追及しているだけだ」

「俺たち…か。おまえはそうでも、あの深森刑事は違うんじゃないのか」

腕を組み、ソファの背もたれに寄りかかりながら、真藤が眉根を寄せてフッと笑う。

「どういう意味だ」

「得てしてベテラン刑事は、事件を枠に嵌《は》めたがる。捜査パターンを踏襲《とうしゅう》したがる。その慣れに、おまえは感化されていないと言えるのか、小鈴」

鋭い指摘だった。小鈴は、すぐに返答できなかった。

それは小鈴自身、深森に対して感じていたことだったからだ。

「深森刑事の階級は、おまえと同じ巡査部長だそうだな。年齢は四十才。普通なら警部か警部補になっていてもおかしくない年齢だ」

「……何が言いたい」

「上昇志向もなく、ただ楽なほうへ流れていく刑事と同調するな。そう言ってるんだ」

「…っ。深森さんのこと、悪く言うのはよせよ」

小鈴が庇うように言うと、真藤は再び眉根を寄せた。

その表情が、どことなく苦しげに歪んで見えて、小鈴は戸惑いながら続ける。

「確かに深森さんは先入観が強い…。経験が豊富なだけに、パターンに嵌めたがる傾向もあるし、事件が長引くのを何より嫌う。でも、俺はそれに同調する気はない。違うと思えば反論するし、正しもする。足りない部分は、俺が補っているつもりだ」

「それが、相棒の務め…だからか」

皮肉げなその口調に、小鈴は気づく。

これが深森の言っていた真藤の『元相棒としての複雑な胸中』なのかもしれないと。

「ああ…そうだ」

小鈴は噛み締めるように言った。

「人間、誰だって完璧じゃない。もちろん俺だってそうだ。おまえと組んでいた時も、俺はいつもおまえに助けられていた。だからこそ、実力以上の力を発揮できたんだ」

過去形なのが淋しかったが、それでもなんとか真藤に自分の気持ちを伝えたかった。

おまえは俺の、最高の相棒だったと――

その思いが通じたのか、真藤は表情を和《やわ》らげ、懐かしげに目を細めた。

「そうだな…。俺もおまえとコンビを組んでいる時は、自分が人並み以上の刑事になった気がしていた。……ただの錯覚だったけどな」

「錯覚?」

小鈴は目を見張った。

「ああ。俺には所詮、金満《きんまん》弁護士が似合いだった…ってことさ」

自嘲《じちょう》ぎみに吐き捨てる真藤に、今度は小鈴の顔が険しくなる。

「真藤……おまえ、やっぱり、なりたくて弁護士になったわけじゃないんだな」

怪我をして警察を辞めて、親には心配もかけたし、世話にもなった。だから、仕方なく事務所の手伝いをしていると、真藤はそう言っていた。

そして、そのうちに仕事がおもしろくなってきたから、独立すると。

「おかしいと思ってた。あれほど嫌ってたくせに、おまえが進んで弁護士になるなんて」

小鈴の言葉に、真藤の目が遠くを見るように、スゥ…と細められた。

「――俺はな、小鈴……天罰《てんばつ》が下ったんだと思ったんだ」

ドキンと心臓が鳴った。

いったいなんの天罰が、真藤に下ったというのか――

『…やめ…ろっ、真藤…。頭を冷やせ…っ』

封印していた記憶が、脳裏を過ぎる。小鈴はブルッと震えた。

――まさか……真藤は、あの夜のことを思い出して…?

だが、真藤は思いもしないことを口にした。

「医者から『欠けた視野は、もう戻らない』と宣告された時、俺は思い知ったんだ。これは、いい加減な気持ちで警察官になった報《むく》いだってな」

「……真藤」

「俺はおまえのように純粋な気持ちで警察官になったわけじゃない。ガキくさい反発心を満足させられるなら、なんでもよかっただけだ。そんな俺が、おまえとコンビを組んで、一人前の刑事になったつもりでいたなんて……とんだ勘違いだったんだ」

絞り出すように言う真藤に、小鈴はなぜだか深森の言葉を思い出していた。

『エリート志向の奴って、どうしてそう自分に厳しいかなぁ…。まぁ、そうでなけりゃ、刑事にしても弁護士にしても、一流にはなれないんだろうけどな』

「……勘違いなんかじゃない。おまえは誰の目から見ても、優秀な刑事だったよ。それに俺にとっては、最高の相棒だった」

はっきり言葉にして言った途端、真藤は弾かれたように小鈴へ目を向けた。

その眼差しをまっすぐに受け止め、小鈴は正直な気持ちを口にする。

「きっかけなんて、どうでもいい。純粋だろうが不純だろうが、大事なのは警察官としておまえが何をしてきたかだろう？　弁護士だって同じだ。この年で独立して事務所を持って、しかもかなり流行《はや》ってるって聞いた。それだけでも、すごいことじゃないのか」

「……小鈴……おまえ…」

眼鏡の奥の濃茶色の瞳が、眩しそうにすがめられる。

だが、それはすぐに暗く翳《かげ》って、苦々しい笑みに変わった。

「あんまり俺を買いかぶるなよ…。ここが流行ってるのは、俺が独立する時、親父たちの顧客をごっそり横取りしたせいだ。それも、金払いのいい客ばかりを狙ってな。今回の依頼にしても、客の女が破格の報酬を提示してきたから引き受けたんだ」

荒城の弁護の依頼をしてきたのは、やはりホストクラブの客の女だったらしい。

その話を聞きながら、小鈴は苛立ちを感じて、身を乗り出す。

「だから、どうだって言うんだ？　客だってバカじゃない。おまえが信頼ができる弁護士だと思ったから、任せる気になったんじゃないのか。それに荒城の件も同じだ。高い金を支払わせた分、おまえの仕事は早くて的確だ。俺たち警察が、舌を巻くほどな」

「それは嫌味か」

「違う。俺はただ、依頼の内容に見合った仕事をして、正当な報酬を得ることの何が悪いんだって言ってるんだ。当然のことじゃないか。別に金額次第で、違法な弁護も請《う》け負うとか言ってるわけじゃないだろう」

「さぁな。俺は金になるなら、なんでもする弁護士だからな」

さらりと言って冷笑する真藤に、小鈴は目を剥いた。

「だったらおまえは、金さえもらえれば、殺人犯を助けるために、別の犯人を仕立てあげるとでも言うのか」

「まさか。するわけがない。弁護人は刑事とは違う。重要なのは『誰が犯人なのか』ということよりも『被疑者が犯人ではない』と立証して見せることだ。そのために俺は、あらゆる手段を講じると言っているだけだ」

「そんな…」

小鈴は膝の上の手をギュッと握りしめた。

確かに、真藤の言うことは間違ってはいない。

弁護人には基本的に『事件の真相を解明する義務』はない。それは警察の仕事だ。

だから極端な話、どんな汚い手を使ってでも被疑者が無罪放免《ほうめん》されれば、事件など解決しなくてもかまわないということになる。

元刑事だとは到底思えない考え方だった。

「――だったら、勝手にすればいい。そんなに金満弁護士になりたいならな」

切り捨てるように言って、小鈴はソファから立ち上がった。

そして、真藤を上から見据えて言う。

「真藤……結局、自分を枠に嵌めて流されてるのは、おまえのほうなんじゃないのか」

それ以上、変わってしまった真藤を見ていたくなくて、小鈴は出口を目指した。

その手を真藤がとっさにつかんだ。

「小鈴っ」

「放せよっ」

反射的に振り払おうとする小鈴の腕が、グイッと強く引っ張られた。

そのせいで小鈴はバランスを失い、真藤が座るソファの上に倒れ込む。

あっ…と叫ぶと同時に、小鈴は真藤に覆い被さるように突っ伏していた。

ベストの上からでもわかる、広くたくましい胸の上に。

小鈴は慌てて両手を突っ張り、半身を起こした。

その動きに、懐かしいコロンの香りが鼻孔を掠《かす》める。

あげく間近には真藤の端整で怜悧《れいり》な顔があり、小鈴をじっと見つめている。

ゾクッと背筋が震えた。

『――悪いな…小鈴。俺は、おまえを親友だと思ったことは、一度もない』

思い出したくない記憶が、脳裏に…肌の上に、よみがえる。

それが嫌で、小鈴は真藤から離れようとするが、再びガシリと腕をつかまれてしまい、起き上がることができない。

「放せ…っ、なんのつもりだ、真藤っ」

声を張り上げる小鈴に、眼前の濃茶色の瞳が苦しげに歪む。

「……小鈴……俺は…」

真藤が掠れ声で何かを言いかけた途端、部屋の中で電話の着信音が鳴り響いた。

小鈴と真藤は息を詰め、音のした方向に顔を向けた。

電話は事務所のもので、数回着信音が鳴ると、留守電メッセージに切り替わった。

小鈴は硬直した。あの夜と、あまりにも酷似している、この状況に。

確かあのあと、録音された女のメッセージを聞いて、二人は口論になったのだ。

『――俺の気も知らないで、わかったような口をきくな！』

聞いたこともないような真藤の怒号。

征服欲に揺れる獰猛《どうもう》な眼差し。

頭の中でよみがえる情景が、再びここで繰り返されるのではないか――

だが、そう思った瞬間、電話は留守電メッセージの途中でブツリと切れた。

小鈴はハッと我に返った。そして真藤の手をすり抜けて、素早く立ち上がる。

「小鈴っ」

呼び止める真藤の声を無視して、今すぐここから出て行きたかった。

なのに、どうして自分は振り向いてしまうのか。

「……なんだ」

乱れた髪を掻き上げ、ぶっきらぼうに訊くと、真藤は思いがけず真剣な口調で言った。

「一つだけ忠告しておく。ヤクの出どころを洗え」

「ヤクの…出どころ？」

この場にそぐわない言葉に、すぐに頭が回らない。

「林田を殺したいと思っていた人物は、荒城だけとは限らない…ってことだ」

カッと頭に血が上った。

「そんなこと、おまえに言われなくても、とっくに洗ってるっ」

元刑事とも思えないことを言う人間に、忠告などして欲しくなかった。

「林田がヤクを売っていた連中の中には、荒城と同じように値上げを言い出されて、怒っていた奴らが大勢いる。今、そいつらをしらみ潰しに当たってるところだ」

小鈴は声を荒げて言うと、踵を返して足早に出口へ向かう。

「待て、小鈴」

背中に声が響くが、かまわずドアを開いた。

「違う。そうじゃない、小鈴っ」

ドアを閉める直前、ちらりと振り返ってしまった小鈴の目に映る、レンズの奥の縋《すが》るような視線———それは、力任せにドアを閉じてもなお網膜《もうまく》に灼《や》きついて、しばらくの間、小鈴をやるせなくさせた。

◆

小鈴は二日がかりで聞き込みに回った後、新宿中央署に戻るべく車を走らせていた。

「しかし、悔しいけど、何げに真藤の指摘は当たってるんだよな。やっぱ頭の出来が俺とは違うのかねぇ」

助手席の深森が渋々認めるほど、確かに真藤の指摘は鋭かった。

殺された林田は、雇われバーテンを辞めて、自分の店を持とうとしていたらしい。

いい物件が売りに出たので、まとまった金が欲しかったようだ。

そのため、あちこちで覚醒剤を高く売りつけては、客とトラブルを起こしていた。

だが、真藤が指摘したのは、林田の客に目を向けろということではない。

ヤクの出どころを洗え――それは、林田の仕入れ先のことだったらしい。

実際、調べていくと、思いがけない事実が明らかになった。

林田の覚醒剤の仕入れ先は、暴力団・白鳳《はくほう》組。

だが林田は最近、白鳳組から『仕入れた量以上』の覚醒剤を売っていたというのだ。

しかも、かなり純度の高いシロモノらしい。

これは『前よりも上物のヤクだと言って、林田が値をつり上げてきた』という、荒城の証言とも一致する。

麻薬ブローカーは、仕入れ先の暴力団とは一蓮托生《いちれんたくしょう》なのが常だ。もし同時に他の暴力団とも取引していることがバレたら、裏切りと見なされる。

「それって、いったいどこの組ですかね」

「さぁな。それがわかれば一発なんだがな。白鳳の連中も、近く林田にヤキを入れるって息巻いてたって言うから、かなり信憑《しんぴょう》性は高いだろう」

小鈴たちが調べれば調べるほど、林田には敵が増えていく。

その上、林田の携帯の発着信データは、相手先が特定できない履歴も多く、画像データに至《いた》っては、その手のバーで撮ったのか、男だか女だかわからないような妖《あや》しい人物の写真も数多く残されていることがわかり、事件は混迷していくばかりだった。

「でも、なんだかんだ言って、おまえたち、今でも仲良しこよしなんだなぁ」

隣席で深森がパイポを咥えながら、しみじみと言う。

小鈴は思わずハンドルを切り損ねそうになった。

「なんですか、その仲良しこよしって」

「だっておまえ、俺と肩を組んで『受けて立とう』宣言したあとに、のこのこ真藤に会いに行っただろう」

「無理やり肩を組んできたのは、深森さんでしょうが」

「真藤の奴も『俺たちは敵対関係にあるんだ』とか言っておきながら、小鈴にほいほいアドバイスするし」

「ほいほいアドバイス…って…」

「なんか、俺だけ除《の》け者みたいで、ムカつくなぁ」

本気なのか嘘なのか、わからない口調で言う深森に、小鈴は嘆息する。

「だから、俺が真藤に会いに行ったのは、あくまでも抗議のためです」

言いながら小鈴は、車をゆっくりと左折させる。署はもう目の前だった。

「本当か？　わざわざ出向かなくても、抗議なら電話ですむだろうが」

「電話なんか、すぐに切られますよ。直接会いに行っても駄目かと思ってたんですから」

そう言って小鈴は、署内の駐車場に車を滑り込ませながら思い出す。

確かに一昨日、真藤は思いの外《ほか》あっさりと、小鈴を事務所に招き入れた。

受付嬢の手前、あまり無下《むげ》にもできなかったのかもしれないが、彼女が帰ったあとも、真藤は小鈴に「帰れ」とは言わなかった。

それに、今思えば真藤はいつになく饒舌《じょうぜつ》だった。

わざと自分自身を貶《おとし》めて、小鈴に悪い印象を植えつけようとしていた気がする。

なのに小鈴が「勝手にすればいい」と見切りをつけた途端、引き留めたりして、いったい何を考えているのか――そこまで考えて、小鈴はハッと息を詰める。

『放せ…っ、なんのつもりだ、真藤っ』

口論の末、腕を引かれてソファに倒れ込み、あげく留守電メッセージが聞こえてきて。

小鈴が思わず戦《おのの》くほど、あの夜に酷似《こくじ》していた状況の中。

――まさか、あいつ……思い出したんじゃ…？

三年前の夜、自分が小鈴に、いったい何をしたのかを――ズキッと胸の奥が鋭く痛んだ。

『……小鈴……俺は…』

そういえば、あの時、眼鏡の奥の瞳は、苦しげに歪んでいた。

――まさか、真藤の奴…本当に記憶を…。

「小鈴？　どうした、難しい顔をして。降りないのか」

聞こえてきた声に、小鈴はハッとして横を向いた。

「あっ、すみません。今、すぐに」

午後の日差しがめっきり夏らしくなってきた中、小鈴は気持ちを切り替えて、車から降り立った。そして深森とともに、新宿中央署の表玄関へ足を向ける。

「しかし、こんなに長引く事件だとは、思いもしなかったぜ。俺は、てっきり荒城がホシだと踏んでたんだけどな」

「やっぱり、凶器が見つからないのが痛いですね」

凶器の捜索は引き続き行われているが、いまだに発見には至っていない。

「でもまぁ、決め手に欠いたまま逮捕して、あとで誤認だとか冤罪だとか面倒なことになるのも嫌だし、その点は真藤のアドバイスに感謝だな」

「そうですね。捜査はこれからが勝負ですよ」

力強くうなずいて見せる小鈴を横に、深森の目が大きく見開かれた。

「…っと、噂をすれば、ってやつだな」

「え？」

ドキンと心臓が鳴った。

目を向けた先に、表玄関の階段を下りてくる真藤の姿があった。

いつものように隙なくスーツを着こなし、手にはアタッシェケースを持っている。

おそらく荒城の接見に来ていたのだろう。

「真藤先生…いや、真藤さん、お帰りですか」

歩み寄る深森に声をかけられ、真藤は仕方なく立ち止まり「どうも」と会釈《えしゃく》をする。

その目が深森の隣に立つ小鈴に、スッ…と流れた。

途端に小鈴は緊張する。

もしかしたら真藤の記憶が戻ったのかもと考えていたせいか、言葉が上手く出てこない。

だが、真藤は黙ってはいるが、こちらを見つめてくる目や表情は、いつもどおり冷ややかで、それがかえって小鈴を安堵させた。

「真藤……この間は、ありがとうな」

その目が驚きに見開かれ、すぐに怪訝《けげん》そうに細められた。

「なんのことだ」

「いや…だから、おまえが忠告してくれた『ヤクの出どころ』の件、調べてみたら、意外なことがわかったんだ」

「意外なこと？」

問い返す真藤に、小鈴が答えようとした途端、深森がいきなり横から口を挟んだ。

「真藤さん、今の件でご相談したいことがあるんですが、少しだけいいですか？」

えっ、と驚く小鈴の前で、真藤もまた不審な顔をする。

「少しだけとは、どのぐらいでしょうか。これから地検にも寄らなければならないので」

「では、きっかり十五分で」


何を考えてるんですか、深森さんっ――何度、横から口を挟んだことだろう。

そのたび深森は小鈴を制止して、話し続けた。

深森は真藤を屋上に連れてきた。そして一昨日から今日まで調べ上げたことを、すべて真藤に話して聞かせたのだ。

林田の仕入れ先が、複数存在すること。

だが、白鳳組以外の仕入れ先はわからないこと。

その件で、白鳳組が林田に報復をしようと、つけ狙っていたことなど。

要するに、手の内を全部晒して見せたのだ。

「……で？　いったい俺に、どうしろと言うんですか」

吹く風に乱れる髪を掻き上げて、真藤が不機嫌な顔で言う。

屋上には、小鈴たち三人の人影しかない。

なので、誰かに聞かれる心配はなかったが、小鈴は気が気ではなかった。

「真藤さんがこれらをどう解釈するか……ま、平たく言えば真相解明に協力願いたいってことだ。それにあんたも警察の動きがわかっていたほうが、都合がいいんじゃないのか」

飄々《ひょうひょう》として言う深森に、真藤はあからさまなため息をついた。

「——深森さん……あなた、それでも刑事ですか」

小鈴はもう黙っていられなかった。

「真藤、そんな言い方ってないだろう。それに、深森さんもいい加減にしてください」

「話にならないな。俺はこれで帰らせてもらう」

真藤があきれたように言って、踵を返す。その背に深森が言った。

「だったら、なんであんたは小鈴にアドバイスしたんだ？　あれだけ敵よばわりした相手に向かって」

真藤がゆっくりと振り返る。

その目が小鈴を捕らえ、そして深森を敵視するように見据える。

深森はそんな真藤に、薄笑いを浮かべて言った。

「あいにく俺には、刑事としてのプライドなんてもんは、ゼロなんでね。とっとと事件が片づくなら、利用できるものは、なんでも利用する。特に、目の前で敵に塩を送るような人間がいれば、大いに…ね」

「あきれた思考の持ち主ですね。開いた口が塞がらないとは、このことだ。でも、何より
あきれ返るのは、小鈴…」

真藤は中指で眼鏡を押し上げると、目線を小鈴に向けた。

「おまえ、感化されたんじゃなくて、単純に、ココが劣化したんだな」

眼鏡から移動した中指が、こめかみを叩いて指し示す。

小馬鹿にするようなその仕草に、小鈴は鋭く真藤を見返した。

「どういう意味だ、真藤?」

「人の話は、最後までよく聞け、という意味だ」

「何っ…」

「この間、俺が言った『ヤクの出どころを洗え』というのは、林田の仕入れ先のことじゃない。覚醒剤の成分分析……『薬物プロファイリング』を行えということだ」

「薬物プロファイリング!?」

小鈴と深森は同時に叫んだ。

◆

三日後、科学捜査研究所から上がってきた調査結果に、小鈴と深森は愕然としていた。

「とんでもないことになりましたね、深森さん」

「ああ。こりゃ、厄介《やっかい》だな…。下手《へた》に手を出せないぞ」

薬物プロファイリング——それは、薬物の含有《がんゆう》成分や固有の特徴を分析して、その流通経路や供給源を特定するシステムのことだ。

いわば、薬物の指紋鑑定のようなものである。

ただしこのシステムは、分析そのものの精度は高くても、犯罪者の指紋やＤＮＡなどの情報を集めた『犯罪者プロファイリング』に比べると、まだデータ数が格段に少ない。

そのため、科捜研に薬物プロファイリングの依頼をするケースは、あまり多くはない。

特に所轄で扱う覚醒剤事件は本庁とは違い、単純なものばかりなので、このシステムを活用する機会はほとんどなく、深森は「やっぱり頭のいい奴は、発想自体が違うなぁ」と真藤をしきりに褒めていた。荒城が殺人犯であるという筋書きで、物証や証言を集めていた小鈴たちには、思いつきもしない発想だったからだ。

真藤は、荒城と面談を重ねているうちに、林田の覚醒剤の出どころが複数あるのではないかと疑いを持ち、それを調べるには薬物プロファイリングが有効なのではないかと考えたのだという。

そして、その分析結果は、思いもよらない事実を探り出したのだ。

科捜研に成分分析を依頼した覚醒剤は、四種。

荒城の自宅、ホストクラブ、林田が殺害された時に着ていた服のポケット、それに林田の自宅、それぞれから押収されたものだ。

そのうちの三つは、現在、白鳳組経由で流通している覚醒剤と成分が一致した。

だが、最後の一つが一致したのは――警視庁・証拠品保管庫の覚醒剤。

それも三年前、小鈴たちがかかわった例の密輸事件で、拳銃や弾丸と同時に押収された覚醒剤だったのだ。

「深森さん……これって、おそらく……」

「ああ。警察内部の人間が『押収品を横流ししてる』ってことだろうな」

小鈴と深森は、ともに険しい表情で押し黙った。

午後九時――小鈴は真藤の事務所へ向かっていた。

深森には「さすがに警察の不祥事《ふしょうじ》に関わることだから」と、口止めされた。

だが、小鈴は逡巡《しゅんじゅん》した末、真藤には調査結果を伝えるべきだと判断した。

さんざん冷徹な態度を取りながらも、真藤が小鈴にアドバイスをしてくれたからこそ、ここまで事態が明らかになってきたのだ。

確かに真藤は荒城のために、捜査の目を逸らせたかっただけなのかもしれない。

――でも、結果的に真藤は、俺たちの誤った捜査方針を正してくれたんだ…。

それに今回の事件が、三年前、自分たちの人生を大きく変えた密輸事件に絡んでいるのだとしたら、なおさら真藤には話しておきたかった――

人々が行き交う交差点を渡り、少し歩くと、事務所のあるビルが見えてきた。

その途端、小鈴は息を呑《の》み、立ち止まった。

三階の窓には、灯りが点いていなかったからだ。

はなから電話では話せないと思っていたせいか、連絡も入れなかった。

それに、いつ来ても真藤は事務所にいるような気がしていた。

小鈴はがっくりと肩を落とした。

真藤の不在は、思いのほか小鈴を打ちのめしていた。

そして、その時になって初めて、自分はこんなにも真藤に会いたかったのかと気づく。

その反動なのか、ビルの入口から背の高いスーツ姿の男が出てきた途端、小鈴はパッと顔を輝かせた。

――真藤…っ。

だが真藤は、小鈴とは反対の方向へ背中を向け、ゆっくりと歩き始める。

小鈴は思わず追いつこうとして駆け出し、直後、ピタリと足を止めた。

入口からスタイルのいい女性が出てきて、足早に真藤へ歩み寄り、当然のように隣に並んだから。

受付嬢の南川だった。

小鈴はピタリと足を止めた。

二人は小鈴が見つめる中、歩道を連れ立って歩いて行き、やがて人ごみの中に消えた。

立ち尽くす小鈴の胸がカッと熱くなり、痛いほど強く締めつけられる。

そしてその痛みに、小鈴は思い知る。

以前は自分の居場所だと、当然のように思っていた、真藤の隣席。

それがもう、自分のものではないのだということを。

◆

翌朝、小鈴と深森は「すぐに課長室へ来い」と佐々木に呼びつけられた。

「深森、小鈴、おまえたち、いったい何をやらかしたんだっ」

「どうかしたんですか、課長」

「どうもこうもないっ。午後には本庁が乗り込んでくるぞ」

昨日の分析結果を踏まえて、科捜研から本庁上層部に報告が行ったらしい。

科捜研自体が警視庁の管轄《かんかつ》下にある部署なので、当然といえば当然だ。

警視庁内部で厳重に保管されて然《しか》るべき押収品が、世間に出回っていたなどということが外部に漏れたら、それこそ大失態だ。

小鈴と深森は佐々木に、ことの次第と経緯《けいい》を説明した。

もちろん、問題となっている薬物プロファイリングが、真藤の助言によるものだということは伏せてある。それでなくても佐々木は例の抗議文書の一件で、真藤に対して気分を害しているし、深森も藪《やぶ》をつついて蛇を出す（真藤に捜査協力を求めたことを咎《とが》められる）ようなことは避けたかったからだ。

「まったく。いつになく熱心に捜査をしていると思っていたら、とんでもないものを掘り当てやがって…」

「すみません、課長」

ようやく怒りが一段落してきた佐々木のぼやきに、小鈴は深森と一緒に頭を下げた。

その頭上に「でもまぁ、救いがないこともないぞ」と佐々木が言う。

「え？」

「本庁から出張ってくるデカな……おまえの知り合いだぞ、深森」


見るからに精力的で屈強な体格と、威圧感に満ちた厳めしい顔つき。

警視庁のエリート集団・捜査一課所属の大河原警視は、深森の同期で元相棒だった男だ。

大河原は表向き、難航している事件の捜査にテコ入れをするという理由で、本庁から差し向けられてきたことになっていた。

「大河原だ。本日より、覚醒剤ブローカー殺人事件の捜査の指揮は俺が執ることになった。全員そのつもりで、よろしく頼む」

刑事課で簡潔明瞭《めいりょう》な挨拶をする大河原からは、キレ者オーラが痛いほど発せられており、事件の捜査に当たっている小鈴たち刑事は、ひどく緊張した。

その中で深森だけは、いつものように悠然としていた。一通り挨拶がすんだあと、会議室に急ごしらえで作られた大河原の席に、小鈴は深森とともに出向いた。

「大河原警視殿。お久しぶりです」

くたびれたスーツ姿の深森が慇懃《いんぎん》無礼《ぶれい》なほどきっちりと最敬礼をすると、大河原の目が冷ややかに瞬いた。

「……相変わらずだな、深森。今回の事件、おまえが担当か」

「ああ。俺とこいつが担当だ」

その言葉に、小鈴もまた深々と低頭する。

「深森刑事とコンビを組んでいる、小鈴佑青です」

すると大河原は小鈴に目線を移し、かすかに眉根を寄せた。

「小鈴佑青……というと、三年前の例の事件で、警視総監賞を授与された刑事だな」

「は…はい、そうです。覚えてらっしゃるんですか」

「当然だ。当時は俺も、捜査本部に参加していた」

そのことは深森から聞いて知っていたが、まさか大河原のほうが自分のことを知っているとは思わず、小鈴は驚く。

さすがにノンキャリで警視にまでなった男の記憶力は違うと。

「さっそくだが、二人とも捜査資料をすべて提出しろ。これからすぐに目を通す」

大河原は、すでに手元にある荒城の供述調書をめくりながら言う。

「それと、プロファイリングの件は他言無用だ。今後は本庁が調査に当たる。おまえたちは、いっさい関わるな」

その言葉に、小鈴と深森は顔色を変えた。

「ちょっと待てよ、大河原。関わるなって、おまえ…俺たちを部外者扱いするつもりか」

「口の利き方に気をつけろ、深森。今日から俺は、おまえの上司だ」

見下すような口調で言う大河原に、深森は瞠目し、押し黙った。

だが、小鈴はそれでは納得できなかった。もちろん、深森も思いは同じだろう。

小鈴は身を乗り出すようにして尋ねた。

「では、大河原警視。これだけは教えてください。この件は、いったい本庁のどこの部署が内部調査に当たるのか…。公安部、それとも警務部ですか?」

だが、大河原は調書をめくる手を止めただけで、答えない。顔も上げない。

その態度に、小鈴は憤《いきどお》りを覚えた。

「なぜ、答えていただけないんですか。警察は、自ら襟を正す意思があるんですよね?」

語気を強めて問う小鈴に、大河原がようやく顔を上げる。

けれど、向けられたその目は、凍りつくように冷たかった。

「それは、おまえたちが知る必要のないことだ。いいか？　繰り返す。これは上からの命令だ。そんなことに頭を回す暇があるなら、所轄の刑事らしく現場百遍《ひゃっぺん》でもしてこい」


大河原の言葉は、嫌味でもなんでもなかった。

捜査資料のすべてを、ものすごいスピードで読み込んだあと、大河原は所轄内の外勤や非番の警察官を緊急招集させて、殺害現場周辺の再捜索を開始させたのだ。

目的は、凶器の発見。

それは夜を徹しての作業になり、翌朝にはさらに範囲が広げられて人員も増やされた。

もちろん小鈴も深森も例外ではなく、ため池をさらう捜索にまで駆り出された。

「捜査方針にブレを生じさせるな。荒城の覚醒剤取締法違反罪の起訴は、ほぼ確実になったそうだ。殺人罪についても、アリバイ、目撃証言、動機は揃っている。であれば、あとは凶器だ。当初の方針どおり、発見に全力を尽くせ」

大河原の言葉は尤《もっと》もだった。小鈴たちも、最初はそう考えていた。

「でも、林田は白鳳組にも狙われていたことがわかっています。それに…」

「心配ない。そっちは組対五課に応援を頼んでいる。彼らはその道のプロだからな」

「だったら、例の件はどうなんだ？　林田が、なぜ警察の押収品を所持…」

「深森！　何度も言わせるな。これは本庁命令だ」

小鈴と深森は、ことあるたびに大河原に詰め寄った。

佐々木にも訴えたが「俺じゃ、どうにもならん」と難しい顔をするだけだった。

警察は警察庁長官を頂点に置く、厳格な縦割り組織だ。

ゆえに、上層部の命令は絶対で、特に所轄署は警視庁にはけして逆らえない。

おそらく大河原は、警察の不祥事に繋がる失態をこれ以上暴《あば》かれないようにと命令されて、新宿中央署に派遣されたのだ。小鈴や深森たちに、余計なことには首を突っ込ませず、殺人事件の捜査に専念させるために。

上層部は、今回の一件を隠蔽《いんぺい》する気なのかもしれない。

深森の知り合いだから救いがないこともない、と佐々木は言ったが大間違いだった。

大河原は、現場周辺の捜索が空振りに終わると、今度は荒城の自宅マンション、及び周辺地域の再捜索を徹底的に行うよう指示を出した。

「小鈴、大丈夫か。無理するなよ」

「大丈夫ですよ、深森さん。こういう所は、かえって俺みたいなのが向いてます」

言って小鈴はライトを片手にリビングの点検口から身を乗り出し、天井裏へ上がった。

そして四つ這《ば》いになって、じわじわと前進する。

荒城の部屋は、事件直後に鑑識や捜査員たちがすでに二度、捜索していた。

天井裏に通じる点検口は全部で四箇所《かしょ》。

玄関、風呂、リビングに押し入れ、すべて確認している。

その甲斐《かい》あって、初回は押し入れの天井裏から、覚醒剤の小袋が見つかった。

二度目の時には、捜査員は天井裏にも上がって確認している。

だが、大河原は納得せず「もう一度、くまなく捜索しろ」と命令してきた。

その横暴さに腹が立ち、小鈴は「だったら俺が確認します！」と答えたのだ。

そのほかにも、家具や電化製品なども移動したり、床板も剥《は》がさせるなど、ともすれば行きすぎ捜査だと訴えられかねないような所まで、大河原は徹底的に調べさせた。

「…ったく。なんなんだ、あの大河原って奴は」

小鈴はぼやきながら、ライトで周囲を照らし、少しずつ匍匐《ほふく》前進を試《こころ》みる。

玄関の点検口からも、小鈴同様、後輩の嶋田が天井へ上がってきた。

ライトの光が、チラチラと揺れているのが見える。

今日で丸三日——数時間の仮眠と一時帰宅だけで、小鈴たちはぶっ通しで捜査に当たっていた。

もちろん真藤には、連絡が取れていない。

こんなことになるとわかっていたら、せめてあの夜、電話だけでもしておけばよかったと小鈴は思う。でも、真藤があの南川という女性と一緒だったら…と考えると、なぜだか腹立たしく、電話する気にはなれなかったのだ。

それに以前、小鈴の隣に深森が座っているのを見て、真藤が今の自分と同じような気持ちになったのかもしれないと思うと、やりきれなくなってしまったせいもある。

三年前までは、自分の定席だった、相棒の隣席。

そこには今、自分ではない人間が座っている——それがこんなにも淋しく、物悲しいことなのかと、小鈴は今さらながら痛感していた。

「……っ？」

小鈴はハッと息を詰めた。

梁《はり》の出っ張りに気をつけながら左右を見回し、五メートルほど進んだ所だった。

前方に横たわる太い梁の向こう側に、黒い影が見えたのだ。

ライトを向け、首を伸ばすと、灰色っぽい布の塊のようなものが確認できる。

「深森さん、何かあります。三十センチ大の…布の塊のようなものが転がってます」

鋭い口調で言いながら、小鈴は慎重《しんちょう》に前へ進んだ。

「布の塊？　なんだ、そりゃ。充分気をつけろよ、小鈴」

点検口からこちらを覗いていた深森が、身を乗り出し、声を大にする。

「どうしたんですか、先輩？　何か見つけたんですか？」

向こう側からライトが光り、嶋田の声が聞こえた。

「梁の陰《かげ》に、布の塊を発見した。今、確認するところだ」

答えて小鈴はその場に近づくと、まずはライトを当てて観察し、注意深く布の塊を手に取った。それは薄手のジャケットらしく、だが、丸められているだけにしては、ズシリとやけに重い。

小鈴は手袋を嵌めている手で、慎重に布をめくっていき……そして目を見張った。

ライトの光の中、そこには、黒光りしている拳銃と金色の弾丸があった。

◆

「――いったいどういうことなのか、説明していただきたい」

真藤が憤然《ふんぜん》として会議室に乗り込んできたのは、翌日のことだった。

小鈴や深森を始め、捜査会議をしていた面々がいっせいに押し黙る中、大河原はデスクの椅子に座ったまま、真藤の胸元に光るバッジに目をやる。

「ああ。きみが荒城の弁護人の、真藤弁護士か」

「……あなたは？」

「わたしは警視庁、捜査一課の大河原だ。三日前からこの事件の捜査指揮を執っている。説明とは、何についての説明のことかな」

静かだが尊大な口調で言う大河原を、真藤は眼鏡越しに睥睨《へいげい》した。

瞬間、二人の間で、バチッと火花が散ったような気がした。

小鈴は拳《こぶし》を握りしめ、真藤が大河原のデスクに歩み寄るのを見つめた。

深森も隣で、苦虫を噛み潰したような顔をしている。

「なぜ今頃になって被疑者の部屋から凶器が発見されたのか。その理由をお聞きしたい」

真藤は断固たる口調で、大河原に迫った。

荒城の部屋から発見されたのは、自動拳銃マカロフPM一丁と、弾丸十一発、及び袖口に硝煙《しょうえん》反応の残っているジャケットだった。

また、林田の体内から摘出された弾丸の施条痕《しじょうこん》が、この拳銃のものと一致した。

施条痕とは、銃身の内側に刻まれた螺旋《らせん》状の溝により、銃弾が発射された時につく傷のことで、指紋《しもん》のように拳銃を特定することができる。

要するに、林田殺害の凶器は、この拳銃だということが判明したのだ。

またジャケットは、付着していた火薬の成分により、犯人が事件当時、着用していたものと断定された。

だが、それらは、いずれも指紋が拭き取られた形跡があった。

唯一ジャケットの金具に残されていた指紋は、荒城のものとは一致せず、犯罪者プロファイリングのデータベースにも該当者は見当たらなかった。

それでも、自室から凶器が発見されたことにより、荒城の殺人容疑は確定的になった。

そしてその分、大河原の過酷《かこく》な取り調べが始まったのである。

「基本的に我々警察は、被疑者の弁護人に対して、捜査の内容や証拠を開示する義務を持たない」

大河原が冷徹な口調で言うと、真藤はいきなりデスクに、ドンッと手を突いた。

「要するに、あなたには説明する気はないということですか!? 警察が、犯人ありきで、証拠品を捏造《ねつぞう》した理由を」

「口を慎《つつし》み給《たま》え、真藤弁護士。警察を侮辱《ぶじょく》する気か」

「だったらそちらも建前を振り翳していないで、きっちり説明すべきだろう!」

毅然として大河原に詰め寄る真藤は、戦闘服さながらの高級なスリーピース・スーツに身を包み、襟には金色の弁護士のバッジをつけている。

その姿は、泣く子も黙る本庁捜査一課のエリートにも負けていない迫力があった。

「警察が二度も家宅捜索をしていながら、なぜ凶器を見つけられなかったのか? 指紋も検出されていないのに、なぜ殺人容疑が確定したかのように、厳しく自白を迫るのか? 荒城は凶器のことは知らない、ジャケットも自分のものではないと否認している。それに、林田には荒城以外にも命を狙っている連中がいたはずだ。なのになぜ…」

「そこまでだ、真藤弁護士。きみの言い分は、よくわかった」

真藤をさえぎるように大河原が言った。そして、やおら椅子から立ち上がる。

「煽るようなことを言って、大変申し訳なかった。きみがこの署の元刑事だったと聞いていたのでね。牽制《けんせい》を兼ねて、少しきみの人となりを窺わせてもらったんだよ」

そう言って大河原は、デスク越しに薄く笑った。

「我々の初動捜査が甘かった点は、素直に認め、お詫《わ》びしよう。そして今後は、こういった『見落とし』のないよう、わたしが陣頭指揮を執り、慎重にかつスピーディに捜査を進めていく」

見落とし――その一言で、今までの自分たちの捜査を否定してしまう大河原に、小鈴は唇を噛み締める。おそらく、この場にいる刑事たち全員が、同じ思いのはずだ。

「もちろん、林田を取り巻く暴力団関係者の動きも、現在、調査を進めているところだ。ただその中で、荒城にも、暴力団関係の知人が多数いることがわかってきてね」

その言葉に、真藤は苦虫を噛み潰したような顔をした。

「それなら、拳銃を入手するのは極《きわ》めて容易だっただろうと…。まぁ、その点も含めて、今、彼を厳しく追及しているわけだ。ご理解いただけたかな……真藤弁護士？」

大河原の笑みに、歯噛みする真藤の気持ちが、小鈴には痛いほどよくわかった。

◆

小鈴が真藤のマンションを訪れるのは、三年ぶりだ。

例の密輸事件の前日の夜以来、小鈴はここには来ていない。

いや、正確に言えば、真藤が退職を決めたあと、小鈴の荷物を取りに来て以来ということになる。だが、夜間はライトアップされた周囲の木立やスタイリッシュな外観は、三年の月日を感じさせないぐらい、何も変わっていないように見えた。

小鈴はエントランスの手前で立ち止まり、緊張を解《ほぐ》すよう深呼吸をした。

小鈴がここに来たのは、真藤から呼び出されたからだ。

凶器が発見されたことにより、捜査が次の段階に入ったので、刑事たちはようやくゆっくり自宅に戻れることになった。もちろん小鈴も例外ではなく、深森に誘われて、嶋田と三人で軽くビールを飲み、鬱憤《うっぷん》を晴らして帰宅しようとしていた。

そこに真藤からメールが入ったのだ。

『話がしたい。事務所や外ではまずいから、部屋に来てくれ』

話とはもちろん、薬物プロファイリングのことを含めた、今回の一件だろう。

昼間、真藤は靴音も高く会議室を出て行った。

大河原に対して抗議したいことは、まだ山ほどあったはずだ。

でも、下手なことを口走るわけにはいかないと、真藤は必死に堪えて立ち去ったに違いない。

もしも、あそこで真藤がちらりとでもプロファイリングの件を口にしたら、大河原は、なぜ彼がそんなことを知っているのかと、徹底的に追及したはずだ。

警察の不祥事に関わる、どんな些細《ささい》なことも、あの大河原が見逃すはずがないからだ。

「……ああ。やめだ、やめ！　せっかく酒を飲んで忘れてたのに、何を思い出してるんだ、俺は」

小鈴は自身を叱咤《しった》するように言って、エントランスに足を踏み入れた。

そして、その勢いのまま、インターホンのボタンを押した。


ガチャリとドアが開かれ、「入れよ」と促《うなが》される。

真藤は、黒のシャツにベージュのコットンパンツというラフな服装をしていた。

小鈴はひどく緊張しながら、玄関に足を踏み入れた。

もう三年も経っているとはいえ、あんなことがあった部屋に入るのは、やはり少し勇気がいった。それに、いきなり「昼間のあれは、いったいどういうことだ！」と真藤に切り出されるかもしれないと、身構えていたせいもある。

だが、真藤は少し固い表情をしているものの、激昂《げきこう》している様子は感じられない。

「……飲んでるのか」

靴を脱いだところで、真藤が尋ねてくる。小鈴は弾かれたようにして真藤を見上げた。

「あ…ああ。ビールを…少しな」

「だったら、もう少し何か飲むか？　水割りか…ハイボールも作れるぞ」

「じゃあ、ハイボールで」

小鈴はパッと表情を明るくして答えた。

自分の好みを真藤が覚えていてくれた――そんな些細なことが嬉しかったのだ。

小鈴は少しホッとしながら、襟元のネクタイを緩め、真藤のあとに続いてリビングに足を進めた。そして、驚いて立ち止まる。

マンションの外観とは裏腹に、目の前には別室のような光景が広がっていたからだ。

「事務所を開いた時、自宅も一緒に模様替えしてもらったんだ。心機一転ってことで…。適当に座っててくれ」

さらりと言って、真藤はキッチンに足を向けた。

広々として明るかったリビングは、内装や家具がダークな色合いに統一され、ソファも低めのL字型のものが置かれていた。

あの夜、小鈴が真藤に押し倒されたソファも、見慣れた家具も、すべてが跡形もなく消え、様変わりしている。その光景に安堵する反面、小鈴はどこかもの淋しい複雑な気持ちになって、ソファに腰を下ろした。

「ビールって……深森と二人で飲んでいたのか」

訊きながら真藤が、ハイボールのグラスとつまみを載せたトレイを運んでくる。

「いや。もう一人、嶋田っていう後輩と、三人でな」

「嶋田？　知らないな」

「おまえが辞めたあとに、入った刑事だ。若いけどなかなか使える奴だぞ」

答えて小鈴はローテーブルの上に置かれたグラスに手を伸ばした。

「この三日間、みんなほとんど寝ずに、大河原の指示で捜査のやり直しをさせられてたからな。やっと今日、一段落して家に帰れることになったんで、一杯やってたんだ」

「一段落…って、凶器が見つかったからか」

「ああ。そうだ」

小鈴は何げなく返答し、グラスを持つ手を止めた。

『――いったいどういうことなのか、説明していただきたい！』

断固たる口調で、大河原に迫っていた真藤の姿を思い出したのだ。

真藤があまりにも自然に接してくるので、小鈴もついその調子でいたが、きっと彼は今すぐにでも自分に、ことの顛末《てんまつ》を問い質したいに違いない。

なのに、真藤は小鈴を労《ねぎら》うように言う。

「そうか。疲れているところ、呼びつけて悪かったな」

「いや…俺はいいんだ、別に…。おまえこそ驚いただろう。こんなことになっていて」

「確かにな。覚醒剤の件は起訴が決まったから、俺も地検に通い詰めで忙殺《ぼうさつ》されていた。だから今日、検事に『被疑者の自宅から、凶器が発見されたそうだ』と聞かされた時は、本気で耳を疑った。なんで今さら…と、頭に血が上った」

悔しげに言って、真藤はグラスを傾ける。

その姿に、小鈴は意を決し、自ら話を切り出した。

「――実はな……拳銃を見つけたのは、この俺なんだ」

言って小鈴は一口グイッと酒を呷《あお》ると、グラスを握りしめた。

「おまえが見つけた？　どうして？」

「真藤…。おまえ、大河原警視がなぜ急にうちの署へ出向いてきたのか、知ってるか」

「ああ。行き詰まっている捜査のテコ入れだろう」

「表向きはな」

真藤の片眉がピクリと撥ねた。

「…ってことは……本当は、違うんだな?」

「ああ。おまえが勧めてくれた『薬物プロファイリング』の分析結果を踏まえて、本庁が警視を差し向けてきたんだ」

「出たのか、プロファイリングの結果が?」

身を乗り出す真藤に、小鈴はゆっくりとうなずいた。

「林田が所持していた覚醒剤の一つは、現在、白鳳組経由で都内に出回っているものと成分が一致した。そしてもう一つ……データが一致したのは、警視庁・証拠品保管庫内の覚醒剤だ」

「証拠品って…まさか、それ…」

真藤が顔色を変え、絶句する。

「深森さんには『真藤には黙ってろ』と言われた。警察の不祥事に関わることだからな」

その言葉に、真藤の瞳が、ゆらり…と揺れた。

「でも俺は、おまえには話しておきたかった。話すのが筋だと思った。おまえのおかげで真実が見えてきたんだし、おまえを引きずり込んだのは、俺たちだからな」

揺れた瞳が、今度は険悪さを滲《にじ》ませる。

だが、手元のグラスを見つめたままの小鈴は気づかず、言葉を続ける。

「それに、保管されていたその証拠品は、三年前の密輸事件の時に、拳銃と一緒に押収された覚醒剤だったんだ」

「なんだって?」

「何か因縁《いんねん》を感じた。だから余計に、おまえには伝えておきたかった。…すっかり、遅くなってしまったけど」

そう言って、小鈴は真藤の事務所に出向いた時のことを思い出す。

もしもあの時、真藤にこの話を伝えていたら、何かが変わったのだろうかと。

だが答えは出ず、脳裏に浮かんだ男女の後ろ姿が、小鈴の胸をズキリと鋭く刺した。

「……で? 本庁は、おまえたちに口止めをするために、慌てて大河原を送り込んできたってわけか。おおかた、あとは自分たちが調査するから首を突っ込むな、おまえたちは殺人事件の捜査だけをしてろ、ってことなんだろう。いかにも上層部らしいやり方だな」

皮肉を込めて言う真藤に、小鈴は首を横に振った。

「いや…。たぶん本庁は、今回の件を隠蔽するつもりだ」

「隠蔽!?」

「ああ。俺たちも初めは、てっきり本庁が内部調査をするものだと思っていた。それなら、納得できるし、口を挟む余地はないからな。それに、警視は深森さんの同期で元相棒だ。深森さんも『大河原は、俺たちノンキャリの期待の星だ』って誇らしげに言ってた。奴になら任せても大丈夫だと思っていたんだろう」

「大河原が、深森の元相棒？　あいつ、キャリアじゃなかったのか」

真藤が怪訝な顔をするのも当然だった。

深森は巡査部長で、大河原は警視。階級が違いすぎる。

「警視は叩き上げのエリートだ。だから、現場の大変さはわかってるはずだ。なのに、今までの捜査結果を無視した理不尽な指示ばかり出してきて…。俺もいいかげん頭にきてたし、深森さんも『あいつには裏切られた』って腹を立てている」

小鈴は手元のグラスに口をつけ、酒を一気に飲み干した。

「だから、再捜査を買って出たんだ。なのに、その俺が凶器を発見するなんて…」

「前回の捜索では、本当に何も発見されなかったのか？」

「ああ。初回は覚醒剤の小袋が見つかったが、二回目には何も出なかった」

「だったら、やっぱり『見落とし』なんじゃないのか」

「確かに、そう言われても仕方がないが、俺にはどうしてもそうは思えない。天井裏には捜査員の動き回った跡も、きっちり残っていたんだ」

語気を強めて言う小鈴に、真藤は眼鏡の奥の瞳を鋭く光らせた。

「そうか…。読めたぞ」

「えっ…読めたって…」

「――おそらく、大河原と深森はグルだ」

「なっ」

小鈴は絶句した。そして、ドンッとグラスをテーブルの上に置く。

「真藤っ、おまえ何をバカなこと言ってるんだ!? よりによって深森さんを疑うなんて」

食ってかかる小鈴に、真藤はスゥ…と目を細めた。

「小鈴…。大河原と深森は、利害が一致する」

「何がどう一致するって言うんだっ」

「二人とも『事件を早く終わらせたい』という点でだ」

小鈴は息を詰めた。それは否定できない指摘だった。

しかも真藤は、駄目押しするように言う。

「大河原が警察の不祥事を隠蔽する気なら、これ以上、余計な詮索をさせないよう、一刻も早く決着をつけてしまいたいはずだ。それに深森も『事件が早く片づくなら、なんでも利用する』と言ってただろう」

「そんな…っ」

　小鈴は呆然としながら、首を横に振った。

「あれは、ただの口癖だ…。深森さんの…いつもの…」

「いいか、小鈴。おまえの言うことが正しければ、二回目の捜索のあと、誰かが天井裏に凶器を置いたことになる」

　真藤の言葉に、小鈴は押し黙る。その可能性は小鈴も考えたからだ。

「そんなことができるのは、いったい誰だ？　おまえたち警察関係者じゃないのか」

「……っ」

「それに、証拠品の覚醒剤が消えるぐらいだ。深森が大河原と組んで裏で手を回せば、拳銃を一丁調達するぐらい、わけのないことだろう」

「いいかげんにしろよ、真藤！　深森さんがそんなことをするはずがない！」

　身を乗り出し、小鈴が噛みつく。と同時に、真藤も激昂した。

「いいかげんにしろと言いたいのは、俺のほうだ！」

怒号とともに小鈴の肩が鷲づかみにされ、ソファの上に押し倒される。

瞬間、ぐらりと傾く視界に、既視感《きしかん》が過ぎった。

『俺の気も知らないで、わかったような口をきくな！』

激情に駆られた瞳だった。

思い出されるその眼差しに、真上から見据えてくる真藤の烈火《れっか》のようなそれが重なる。

「深森深森って……いったいおまえは、どれだけ俺を煽《あお》るつもりなんだ!?」

「真藤…おまえ、何を…」

「――また俺に犯されたいのか！」

「なっ…う、んんっ！」

顎をつかみ取られ、噛みつくように口を塞がれた。そのままきつく吸われ、歯列の隙間に無理やりぬめったものを差し込まれ、口の中を掻き回される。

小鈴は目を見開いたまま、硬直した。

いったい自分の身に何が起こっているのか、わからない。

ただ、直前に聞いた言葉だけが、頭の中で何度もリフレインする。

また俺に犯されたいのか、という理解しがたい言葉《ひびき》が――

「…小…鈴っ…」

だが、熱い吐息とともに、押し殺された声が聞こえた途端、小鈴はその言葉の意味をようやく知る。

「真藤っ、『また』って、どういうことだ⁉」

ドンッと真藤の躰を突き飛ばした弾みで、眼鏡が床に飛ぶ。

「おまえ、まさか記憶がっ…」

叫ぶ小鈴を、真藤が無言で凝視《ぎょうし》する。

その目は、レンズを介さない分、ギラギラと生々しい光を放っていた。

「――記憶なんて、とうの昔に戻ってるっ。だから、警察も辞めたんだ！」

声を張り上げ、真藤は小鈴の肩を力任せに押さえつけた。

「何をっ…あっ、よせ！」

シュッと勢いよくネクタイを引き抜かれる。

その感触にひるんだ隙《すき》を衝《つ》いて、真藤は小鈴の両手を頭上でまとめ上げた。

しかも抗おうと思った時には足の上に真藤が乗り上げてきて、手首を縛《しば》られてしまう。

「クソッ…放せ、真藤っ」

「俺が、なんのためにおまえの側を離れたと思ってる⁉　二度と、おまえの信頼を裏切りたくなかったからだ。なのにっ…」

小鈴のワイシャツの裾が、左右に強く引っ張られる。

そのせいで、バラバラッとボタンが周囲に飛び散り、小鈴の胸や腹があらわになった。

「そんなに深森が大事か？　そんなに惚れてるのか!?　この躰に……気軽に触れさせてやるほど」

絞り出すように言いながら、真藤は小鈴の裸の胸に手を伸ばす。

そうして、下から上へなぞるように撫で上げていく。

その感触に、小鈴はブルッと震え、反射的に縛られた両手を振り下ろした。

「真藤っ…おまえ、いったい何を言ってるんだ……なんで、こんなことっ…」

だが、真藤はその手を難なく受け止め、薄く笑う。

「まだわからないのか……小鈴」

真藤は小鈴の腕を頭上に押し戻すと、真上から見据《みす》えて言う。

「――おまえが好きだからに、決まってるだろう」

ヒュッと喉の奥が鳴った。と思う間もなく、真藤が小鈴の耳元に口を寄せる。

「ずっと……ずっと前から、俺は小鈴……おまえのことが好きだったんだ」

吹き込まれる低い囁き。

それは、三年前のあの嵐の夜から、耳の奥にこびりついて離れなかった声音だ。

あれは幻聴でも、聞き間違いでもなく——紛れもない、真藤の声だったのだ。

「……おまえがなんの疑いもなく、俺に信頼を寄せてくるのがつらかった」

呆然とする小鈴の耳に、さらに真藤の告解《こっかい》が聞こえてくる。

「当たり前のように隣にいて、笑顔を向けてくるおまえを、何度、衝動に駆られて抱き締めたいと思ったか…知れやしない」

首筋が、チリッと灼《や》けつくように痛んだ。それは真藤が唇を押し当て、きつく吸い上げたせいだと気づき、小鈴は身を捩って抗った。

「よせ…っ、真っ、んあっ…」

だが、元より体格差は歴然だ。いくら小鈴が現役の刑事でも、真藤が本気を出せば敵《かな》うはずがない。それがわかっているのか、真藤はさらに強く小鈴を押さえ込み、首から鎖骨《さこつ》へ…胸へと舌を這《は》わせていく。

「抱き締めて……こんなふうに肌に触れて、口づけて…。おまえの躰の隅々《すみずみ》まで味わいたいと……何度も気がおかしくなりかけた」

上目遣いで言いながら、真藤が小鈴の胸の突起を舌先で舐め上げてくる。

欲情を隠しもしないその視線に、小鈴の背筋がゾクッと震えた。

「真藤っ…やめろっ」

だが、真藤は小鈴の言葉には耳を貸さない。

反応してきた乳首を口に含むと、舌と歯で念入りにいたぶり始める。

「嫌だ…っ、そんな、んっ…あ、ぁっ」

舐めて、吸って、甘咬みすると、それはすぐに痛々しいほど赤くなり、硬く凝った。

そうして存分にそこを味わった後、真藤は眼前の小鈴の姿に舌打ちをした。

「……こんな顔を、深森にも見せてるのか」

小鈴は顔を上気させ、真藤をにらみ上げた。

その目は怒りのせいで赤く潤んでおり、唇も震えている。ツンと尖った乳首は唾液《だえき》に濡れ、引きしまった胸筋や腹は小鈴が荒く息をつくたび、うねるように上下していた。

「こんな躰を……深森に抱かせてるのか」

真藤の手が、小鈴の脇腹をなぞりながら下方へ滑り落ちる。

瞬間、ザワッと肌が粟《あわ》立ち、小鈴はそれを振り払うように叫んだ。

「バカなことを言うな！　俺と深森さんは、そんな関係じゃないっ」

「だったらどうしてあんなに、信頼しきった目であいつを見るんだ？　必死で庇《かば》って、守ろうとするんだ？」

「そんなの、相棒だからに決まっ…あっ、何を…っ」

「だったら、俺にも権利はあるよな？　元相棒なんだから」

勝手な理屈を並べながら、真藤は小鈴のベルトを外しにかかる。

何度「違う」と「勝手な憶測をするな」と叫んでも聞き入れず、真藤は小鈴の下衣を緩めて、下着をグッと引きずり下ろした。

「よせっ！」

小鈴は顔を背け、きつく目をつぶった。

だが、暴かれたそこを真藤が凝視していることが感じ取れて、小鈴は恥辱に震える。

「なんだ…乳首を舐めただけなのに、もう少し勃ってるじゃないか。敏感だな…小鈴」

あげく真藤は、反応しかけている小鈴の分身をゆるりと撫でてくる。

「それとも、深森に慣らされたのか」

「だから違…ん、ああっ！」

ヌルッと生温かなものが、小鈴の分身を呑み込んだ。

それが真藤の唇の感触だと気づき、小鈴は思わず躰をのけ反らせた。

「やめろ！　放せ…っ、真…藤っ」

だが、真藤はやめるどころか、口の中で愛《め》でるように小鈴の陰茎を転がすと、ぴちゃぴちゃと淫らな水音を立てて舐め上げてくる。

そのたびに抗えない濃密な快感が込み上げてきて、小鈴は唇を噛み締めた。

こんな強引なやり方で感じさせられるのは、男として我慢がならなかった。

なのに真藤は、そんな小鈴の心情を見透かしたかのように、薄く笑う。

「何ムキになってるんだ。気持ちいいんだろう？」

小鈴は必死で声を殺し、首を左右に振った。

「嘘をつくな。だったら、なんでこんなに濡らしてるんだ」

真藤は先走りがにじむ小鈴の窪みを、円を描くように指先でなぞった。

その刺激に、鈴口から透明な液体が溢れ出て、つぅぅ…と幹《みき》を伝う。

「ほら…垂れてきてる」

「く、ぅ…ぅっ…」

こぼれた雫を舌先で舐め取られ、亀頭に口づけられて強く吸われる。

それだけで、下腹がジンジンと痺れて、熱く疼いた。

「んっ……はっ、あぁ…っ」

思わず甘ったるい吐息が、唇から洩れる。

そんな小鈴を上目遣いで見つめて、真藤がゆっくりと口端を上げる。

「――出せよ、このまま。全部、飲んでやる」

それは普段のクールな真藤からは、想像もできないような淫猥な微笑みで。

小鈴の躰が、ブルッと震えた。

「…も…やめろ…、真藤っ…やめてくれ…っ」

「無理だな。言っただろう、俺は、おまえを隅々まで味わいたいって」

裏筋をねっとりと舐め上げられ、小鈴がのけ反ったところで、根元まで口に含まれた。

次いで舌を絡めて吸われ、括《くび》れを甘咬みされて、先端の孔を舌先で嬲られる。

「よせ…っ、ああっ」

男の感じる部分を身をもって知っている真藤の口淫はあまりにも的確で、堪えても抑えても、口から喘ぎ声が洩れてしまう。拘束《こうそく》された手でなんとか阻止しようとするが、それも叶わず、小鈴は瞬く間に限界まで追い上げられた。

「真…ど…、あ、くぅうっ！」

脳髄《のうずい》まで蕩《とろ》けそうな濃厚な射精感に、躰が激しく痙攣する。

小鈴は朦朧とする意識の中、弾む息に、汗ばんだ胸を何度も上下させた。

その耳にゴクリ…と、生々しい嚥下《えんげ》の音が聞こえた。

「……濃いな。溜まってたのか」

あからさまな揶揄《やゆ》の声に、小鈴は弾かれたように目を見開いた。

そして、濡れた唇を親指で拭っている真藤をにらみつける。

「真藤っ…おまえって奴は…っ」

だが、いくら強がってみても、腕は縛られ、躰は吐精で脱力している。それを見越しているのか、真藤は悠然と小鈴の躰の上から降り立ち、無防備な半裸姿に目を細めた。

乱れたワイシャツに、太股までずり下げられたズボンとボクサーパンツ。

汗ばむ胸には赤く尖った乳首が、臍《へそ》の下の下腹には淡い茂みの中、射精したばかりの小鈴の分身が萎《な》えてヒクヒクと震えていた。

「見損なったか、俺を？　……それこそ、今さらだな」

クッ…と喉の奥で笑い、真藤は膝を突くと、小鈴の躰を両手ですくい上げた。

そして肩に担《かつ》ぎ上げて立ち上がる。

「なっ…、やめろ、…下ろせ、真藤っ」

驚いて暴れる小鈴の足から、ズボンが床にずり落ちた。そのせいで尻が剥き出しになり、小鈴はカッと羞恥に顔を染めた。

その隙に、真藤は小鈴を担いだまま隣室に歩み寄ると、ドアを蹴り開けた。

そして、部屋の中央にある大きなベッドの上に、小鈴を転がす。

パチリとナイトランプが灯される中、小鈴は肩越しに振り返り、叫んだ。

「もう、よせっ。これ以上、何をする気だ!?」

真藤が黒いカッターシャツを脱ぎ捨てながら言った。

「また訊くのか、三年前と同じことを」

その姿に、小鈴は思い出す。

『言わなきゃ、わからないのか。この状況で』

あの夜、真藤はそう言いながら、小鈴の尻の狭間に指を這わせてきて……――

『もちろん、セックスだよ』

小鈴は青ざめ、躰を強張らせた。後孔に指をねじ込まれる痛みや、身を二つに割られる衝撃が、リアルによみがえってきたからだ。

「そんなに脅えるな。あの時みたいに強引に突っ込んだりしない。じっくり慣らしてから、挿《い》れてやる」

言いながら、ベッドに歩み寄ってくる真藤に小鈴は愕然とする。

彼は本当にあの夜のことを、すべて思い出していたのだと、確信して。

「……騙《だま》して……たんだな?」

絞り出すように訊くと、真藤が首を振った。

「騙していたわけじゃない。……言えなかったんだ」

「同じじゃないかっ」

ギシッとスプリングが鳴った。真藤がこちらを凝視しながら、ベッドに乗り上げてくる。男なら誰しも羨《うらや》むであろう、均整の取れた引きしまった肉体。その中心部には、すでに黒いボクサーパンツを押し上げて、くっきりと隆起《りゅうき》している真藤の欲望が見て取れる。

真藤は本気だ。本気でまた、自分を抱こうとしているのだ。

「よせ！　来るなっ」

小鈴は自由にならない手足のまま、身を捩って逃げようとした。

だが、真藤はそんな小鈴をあっさり押さえ込み、膝に絡まっている下着を引き抜く。

そして、蹴り上げてくる小鈴の足をつかんでひねり挙げ、うつ伏せに組み伏せた。

「なっ…バカ、やめろ！」

尻を高く持ち上げられ、足を左右に開かせられて、固定される。

真藤の前で、秘部の何もかもを晒す恥ずかしい姿勢に、目が眩んだ。

「軽蔑《けいべつ》していい。罵《ののし》ってもかまわない。なんなら、強姦罪で訴えてもいい。でも…」

背後から、真藤がまくし立てるように言って、躰を屈めてきた。

そして小鈴の尻の丸みを撫でながら、耳元で低く脅す。

「――今は、俺に抱かせろ」

情動に駆られた掠れ声に、ゾクッと背筋が震え、体中の血が沸き立ちそうになる。

それが嫌で、小鈴は叫んだ。

「バカを言うなっ。誰が、おまえのいいなりになんて…なっ！　うっ…」

指先でぬるり…と尻の狭間をなぞられ、小鈴は息を詰めた。

次いで強張る尻の肉を割って、真藤が窄まりに指を突き入れてくる。

「やめ…っ、嫌だ、…よ…せっ…」

だが、それはほとんど抵抗なく、ずぶずぶと後孔に埋め込まれていき、小鈴は戦《おのの》く。

「ただのクリームだ。害はない。そのまま力を抜いてろ」

けれど、説明されたからといって、安堵して受け入れる気になれるはずもない。

この三年間、記憶の戻らない真藤に、小鈴がどんな思いで接してきたのか知りもしないで、再びこんな陵《りょう》辱《じょく》まがいの行為をしてくる男を、誰が許せるだろう。

――俺を、ずっと騙し続けて…。あげく、深森さんのことまで邪推《じゃすい》して…っ。

小鈴は、真藤の身勝手さになんとか抵抗しようと、歯を食い縛《しば》った。

「――俺が、記憶を失っていたのは、半月ほどだ」

その耳に、思いがけない言葉が響き、小鈴はハッと目を見開く。

「記憶は真夜中、唐突《とうとつ》に戻った。一番に思い出したのは、あの夜のことだった」

――――えっ…？

「途端に、取り返しのつかないことをしたと、目の前が真っ暗になった」

小鈴はベッドに伏せている顔を、持ち上げ背後を振り返ろうとした。だが、真藤が指で内壁を掻き混ぜ始めたせいで叶わず、小鈴は「うっ」と呻いて再び突っ伏してしまう。

「でも、おまえは何事もなかったかのように俺に接してくる。相棒として…親友として、以前とまったく変わらない態度で、いつもどおり、俺に笑顔すら見せる。まるで、俺がおまえを犯したことも何もかも、無かったことにしてしまいたいのかと疑うほど」

「真…ど…おま…え…っ、くっ…」

「ひどい男だよな。自分でも嫌になるほど、理不尽で利己的で…。自分がしでかしたことを棚に上げて、被害者ぶって」

真藤は自嘲するように吐き出した。それは、先刻までの「俺に抱かせろ」と言った高圧的な声音とは真逆《まぎゃく》の、切なくやるせない響きで、小鈴を困惑させる。

「記憶をなくしている俺に、何を言っても始まらない。ただ混乱させるだけだ。だから小鈴は、あえて何も言わないんだ。小鈴を恨《うら》むなんて、筋違いもはなはだしい…。俺は何度もそう思った。そして、そんな身勝手な自分に嫌気が差して、記憶が戻ったことを告げてお前に謝ろうと思った。でも、結局できなかった。……視野が、欠けたせいで」

「真藤、おまえ…っ」

小鈴は弾かれたようにして肩越しに真藤を振り仰いだ。

と同時に、指を二本に増やされて、その衝撃に小鈴は奥歯を噛み締める。

だが真藤は、小鈴以上の苦痛を感じているかのように、眉根を寄せていて。

「天罰が下ったと思った。犯した罪を告解《こっかい》することも、償《つぐな》うことも許されない、天罰だと。おまえはもう小鈴の側にいる資格はない……そう宣告された気がしたんだ」

絞り出されるその言葉に、小鈴の胸がきつく締めつけられる。

まさか真藤がそんなことを考えていたなんて、思いもしなかったからだ。

「だから…、警察を辞めたって…言うのか…」

「ああ。側にいれば、俺はきっとまた、同じ過ちを繰り返す。こんなふうにな…」

真藤は、赤く充血してきた窄まりを燃えるような目で見つめながら、さらに奥深くへと指を潜りこませてくる。そうして、ゆっくりと抜き差しを開始した。

「や…っ、よせ、真藤っ、んっ…あぁっ…」

小鈴は拘束された手を握りしめ、首を振った。

こんな話を、無理やり躰を開かされながら聞くのは嫌だった。

けれど、真藤はクチュクチュと淫らな音を立てて二本の指を蠢《うごめ》かせてくる。

「おまえの隣に深森が座っているのを見た時、いつかはこんなことになるんじゃないのかと、俺は自分が恐かった。だから、必要以上に冷たくおまえに接した。二度とおまえを、裏切りたくなくて」

真藤が、さらに深く指を突き入れてきた。

その先端が、ひどく感じる部分を押し当て、小鈴の腰がビクンと撥ねる。

「は、ああっ…ん」

自分のものとは思えない甘ったるい声が口から洩れて、小鈴は赤面した。

「ここがいいのか…小鈴」

尋ねる真藤に否定する間もなく、そこを抉られ、再び嬌声《きょうせい》が口を衝いて出た。

真藤の指に擦られた部分から、蕩《と》けるような愉悦《ゆえつ》が湧き上がり、躰の芯が熱く疼く。

「あぁっ……嫌だ…、そこっ、んっ…ああっ」

小鈴はいても立ってもいられず、淫らに腰をくねらせた。

その媚態《びたい》を、真藤は食い入るように見つめ、劣情《れつじょう》に声を嗄《か》らした。

「許してくれとは言わない。今さら…言えやしない」

言うと同時に真藤は指を引き抜くと、自身の下衣を緩めて、ベッドの上に突っ伏した小鈴の躰を引き寄せる。そして、その腰を高く抱え上げて…——

「――今だけでいい。俺のものになってくれ……小鈴」

「ひ…っ、…い、嫌だ、真藤っ…よせっ！」

灼熱の肉塊がひたりと押し当てられ、小鈴の全身が強張った。

だが、真藤は小鈴の腰をがっちりと固定して、覆い被さってくる。

「やめっ…くっ、うぁあっ！」

指とは比べものにならない圧倒的な質量を押し込まれ、目の前が真っ白になる。

小鈴は髪を振り乱し、必死になってもがいた。そのせいで手首のネクタイが緩み、両手が解放されたが、痺れて使いものにはならず、シーツを掻きむしることしかできない。

「小鈴っ…」

折れんばかりに真藤が小鈴を抱き締めてくる。

そのせいで結合がさらに深まり、小鈴は襲う苦痛に「うぅっ」と低く呻いた。

このあと、以前のように息もつけないほど激しく揺さぶられるのかと思うと、躰が竦みそうになる。だが、真藤は強引な挿入とは裏腹に、すぐに動こうとはしない。

まるで、自分の肉欲をぎりぎりまでセーブしているかのように小鈴を抱き締めたまま、肩先や首筋、耳朶《じだ》に口づけてくる。

そのたびにチリッと微かな痛みが走るのは、真藤が所有の印《しるし》をつけているせいだろうか。

「……小鈴……俺はいつだって、おまえが欲しくてならなかった」

朦朧とする意識の中、聞こえてくる苦しげな声音が、小鈴の鼓膜《こまく》を震わせる。

「こんなふうに一つになって、おまえのすべてを貪《むさぼ》りたいと……何度思ったかわからない」

信じられない。いつも涼しげな顔をしていた真藤が、こんなにも熱く、だが昏《くら》い感情を秘めて自分の隣にいたということが。

「——好きだったんだ……ずっと。出会った頃から、俺はおまえのことが好きだった」

繰り返される告白に、心臓がギュッと鷲づかみにされる。

その痛みに、小鈴はようやく知る。

俺は、おまえを親友だと思ったことは一度もない——その言葉の、本当の意味を。

「…あっ…やっ…真藤…っ」

真藤の手が、小鈴の分身を捕らえた。そして、緩やかに扱き出す。

男根を食い締めている内壁は、いまだ疼痛《とうつう》にズキズキと脈打っている。だがそれも、リズミカルな愛撫に小鈴が勃起し始めると、じきにもどかしい疼きに変わって。

「んっ…はぁ…」

小鈴はシーツに顔を擦りつけながら、絶え入るような吐息を洩らした。

それを見計らったかのように、真藤が抽挿《ちゅうそう》を開始する。

「そのまま息を吐いて、楽にしてろ」

始めは小鈴を気遣うように、浅く…ゆっくりと。

やがて、堪えていた激情を叩きつけるように、真藤は抜き差しのピッチを速めてきた。

「あっ…、あっ…真藤…っ、し…ん、藤っ…」

そのたびに襲ってくる灼けつくような衝撃に、小鈴はシーツを握りしめ、喘いだ。

「…小鈴っ、……小鈴…っ」

重ね合う躰をきつく抱き締められ、何度も名前を呼ばれるたび、苦痛が別なものに塗り替えられていくような気がした。そしてそれは、真藤が容赦《ようしゃ》なく突き上げてくるにつれ、熱く痺れるような愉悦《ゆえつ》となって、小鈴の体内を狂おしく駆け巡っていく。

「……すごいな……溢れてきた」

背中に響く感嘆の声に、小鈴はハッと目を見開いた。

下方で、ぬちゅぬちゅと粘性の水音が聞こえてくる。愉悦に潤んだ目を向けると、大きく開かされた足の間で勃起している小鈴の性器から、透明な雫《しずく》が滴っているのが見えた。

そしてそれは、小鈴の股間を淫らに嬲る男の手を、べっとりと濡らしていて。

「あっ、嫌だ…、真、ど…やめ…っ、んああっ」

小鈴は、激しい羞恥と困惑から逃げを打つように、大きく腰をくねらせた。

途端に真藤が息を詰め、「小鈴…っ」と低く呻く。

直後、息もつけないぐらい情熱的な抽挿が始まった。

「あっ…、あっ…真藤…っ、し…ん、ああっ…」

肉と肉がぶつかり合う乾いた音。

結合部から聞こえてくる、ぐちゅぐちゅという卑猥《ひわい》な水音。

それに加えて、抽挿のたびに耳元で聞こえる真藤の官能的な吐息に煽られ、小鈴は一気に高みへ押し上げられた。

「やっ…あっ、ああ――っ！」

ズンッ…と一際深く穿《うが》たれて、小鈴が白濁を放った。

瞬間、頭の中が真っ白になる。そのせいで無意識に締めつけた怒張から、小鈴の体内にドクッドクッと熱い飛沫が注ぎ込まれた。

「あっ…あ…ぁぁ…」

満たされる悦楽に痙攣する小鈴の躰を、再び真藤が抱き竦めてくる。

「――好きだ、小鈴。……好きなんだ…っ」

それは三年前を彷彿《ほうふつ》とさせる…否、あの時よりも鮮烈で切ない響きでもって、小鈴の胸を甘く震わせた。

◆

荒城は容疑否認のまま、殺人・死体遺棄罪でも再逮捕され、送検された。

殺害の動機、目撃証言、アリバイ、その上に駄目押しの凶器が発見されたのだから、当然の結果だろう。

本庁から大河原が出向いて十日。

課長の佐々木が「さすが本庁警視どのの腕前は見事ですなぁ」と絶賛し、平伏するほど、事件は早期に解決され、大河原は本庁へ戻ることになった。警視どのの労をねぎらって…と打ち上げも計画されたが、大河原は「気遣い無用」とばっさり切り捨て、早々に新宿中央署を後にした。

もちろん、小鈴と深森には、しっかり釘を刺して。

「くれぐれも妙な気は起こさないことだ。これは本庁の意向だ、ということを忘れるな」

「わかりました、警視どの。心配はご無用です。…ってか、結局おまえは、骨の髄までキャリアになっちまったんだなぁ、大河原。俺は淋しいぜ」

最後の最後で最敬礼をしながらタメ口をきく深森を、大河原がギロリとにらむ。

「……おまえに俺の何がわかる。知ったふうな口をきくな」

「まぁまぁ、そう言うなって。ここで再会したのも何かの縁だろ。今度、ゆっくり酒でも飲んで積もる話をしようぜ。そんなに肩を怒《いか》らせてばかりじゃ、おまえ、躰を壊すぞ」

「余計なお世話だ。俺はおまえのように暇人《ひまじん》じゃない。昔話はごめんだ」

ぴしゃりと言って、大河原は小鈴に視線を流す。

「今後はきみも、余計な詮索は慎むように。小鈴刑事」

「……わかりました。肝《きも》に銘《めい》じます」

小鈴は納得できない気持ちのまま、渋々うなずいた。


「あー、全然すっきりしねぇなぁ。送検もすんだし、大河原もいなくなったってのに」

むしむしする曇天《どんてん》の下、屋上で煙草を吸う深森に付き合い、小鈴はベンチに座ってネクタイを緩めた。

そして、冷たい缶コーヒーを飲んで、嘆息する。

「本当ですね。こんなに後味の悪い事件は久々です。表面上は、充分な物証が揃っているのに、調べれば調べるほど、しっくりこない…」

「まったくだ。とっとと事件が片づくならなんでもありだとは言ったが、さすがに今回はなぁ…。大河原の高圧的なやり方には、ほとほと辟易《へきえき》したぜ。昔はあんな奴じゃなかったんだけどな。キレ者のわりに話のわかるいい奴で、俺の冗談にもよく笑ったんだが…」

深森の言葉に、小鈴は手の中の缶をギュッと握りしめる。

『――おそらく、大河原と深森はグルだ』

頭の中で、この間、真藤が言った言葉がよみがえったからだ。

『二人は利害が一致する。「事件を早く終わらせたい」という点で』

もちろん、小鈴は深森を信じている。

それに真藤はあの時、普通の精神状態ではなかった。

『深森深森って……いったいおまえは、どれだけ俺を煽るつもりなんだ!?』

そう叫んで真藤は、小鈴に噛みつくようなキスをしてきた。

あれは、どこからどう見ても、嫉妬《しっと》としか…――

「結局、荒城がどこの誰から拳銃を入手したのかも、わからないままだろ。それに、ヤクザの知人の件も、調べてみりゃ、単にホストクラブの客の彼氏だとか、知り合いだとかってオチだったしな。…って、小鈴？　おまえ、何、赤い顔してんだ？」

「……えっ、い、いや…別に、なんでもありませんよ」

小鈴は慌てて首を振り、缶コーヒーを飲み干して言う。

「それに、やっぱり一番納得いかないのは、例の証拠品流出の件ですよね」

深森は立ち上る紫煙に目を細めながら、うなずいた。

「ああ。でも、あの件は、迂闊《うかつ》には手が出せねぇだろう。なんたって、ことは警察内部の不祥事だ。今度、俺たちが下手な真似《まね》をしたら、自分の首だけじゃなく、課長も…いや、署長も管理不行き届きで処分されるかもしれない」

「じゃあ、所轄はどうやっても本庁には逆らえない、ってことですか」

「それは俺もこの二十年で、嫌ってほど身に染みてるさ。大河原も、そういうノンキャリの苦労をわかってるって思ってたのにな。すっかり変わっちまって…」

苦々しげに言って、深森はフーッと煙を吐いた。

そして、おもむろに小鈴へ目を向ける。

「――ところで、今回の証拠品の流出について……真藤は、なんて言ってる？」

「えっ」

ドキンと心臓が鳴った。

突然、真藤の話題を振られたせいで、小鈴は焦《あせ》る。たった今、真藤のことを…それも、あんな場面を思い出していただけに、再びじわりと顔が熱くなった。

「話したんだろう、プロファイリングのこと」

「ど……どうして、それを…」

うろたえる小鈴に、深森は「やっぱり、そうか」と苦笑する。

「あの真藤が大河原とやり合って以来、何も言ってこないから、おかしいなと思ってたんだ。しっかし、おまえも律義《りちぎ》っていうか、真藤にはとことん甘いよなぁ。あれほど俺が『話すなよ』って言ったのに」

「……すみません」

だが、謝る小鈴に、深森は怒る気配もなく、逆に身を乗り出して返答を待っている。

小鈴は慎重に言葉を選んで、口を開いた。下手に話せば、真藤が「大河原と深森がグルだ」と疑っていたことも、言わなくてはならなくなるからだ。

「…もしも、警察が本気で不祥事を隠蔽する気なら、凶器を捏造してでも、事件を早期に解決させるだろう。押収品の覚醒剤が消えてなくなるぐらいだ。拳銃一丁、ひねり出して天井裏に忍ばせるぐらい、わけないいんじゃないのか。……そんなふうに言ってました」

「言うねぇ……真藤も」

おかしそうに笑って、深森は短くなった煙草を携帯灰皿に押しつけた。

「あ…深森さん。ちょっとすみません。電話が…」

そう言って小鈴はズボンのポケットで鳴っている携帯を取り出した。

その目が大きく見開かれる。

発信者は、真藤——まさに、噂をすれば影だ。

鼓動がドキドキと早鐘を打つように早くなり、携帯を握る手がじわりと汗ばんだ。

あの日から三日。真藤からは何も音沙汰《おとさた》がなかった。

なのに、なぜ今、このタイミングで電話をかけてくるのか——

「おい、小鈴。出なくていいのか」

着信音が鳴りっぱなしの携帯を握っている小鈴に、深森が怪訝《けげん》そうに言う。

小鈴は我に返り、急いで着信ボタンを押した。

そして、なんとか動揺を抑えつつ、携帯を耳に当てる。

『俺だ。真藤だ』

だが、聞こえてきたいつもと変わらない冷静な声音に、小鈴はムッとする。

こっちはあれ以来、真藤のことばかり考えて、とても冷静ではいられなかった。

今もどんな態度で接すればいいのかわからず、内心うろたえているというのに、真藤は何事もなかったかのように淡々と続けてくる。それが腹立たしい。

『今、少し大丈夫か？　例の事件について、話したいことがあるんだが』

小鈴はあえて何も答えず、唇を引き結ぶ。その沈黙から小鈴の怒りが伝わったのか、ややあって受話口から嘆息混じりの声が聞こえてきた。

『……きっと、俺の声を聞くのも、嫌なんだろうな』

小鈴はハッと息を詰めた。

それは先刻までとは違う、後悔が色濃く滲んだ口調だったからだ。真藤は、自分が小鈴にどんなひどいことをしたのか、ちゃんとわかっていて電話をしてきたのだ。

『でも、これだけは聞いてくれ、小鈴。凶器の拳銃について、妙なことに気づいたんだ』

その上で、嘆願するように言う真藤に、小鈴は無理やり気持ちを切り替える。

自分は刑事だ。話が事件のことであれば、私情を交えるべきではないだろうと。

「……妙なことって……いったいなんだ？」

小鈴が尋ねると、真藤は一瞬、ホッとしたように息をつき、話し出した。

『荒城の自宅から発見された拳銃は、マカロフＰＭと聞いたが、間違いないか』

「ああ。そうだ。それがどうかしたのか」

『俺の記憶に間違いがなければ、三年前の密輸事件で押収された拳銃も、マカロフＰＭだったんじゃないか』

小鈴は息を呑んだ。

真藤の思わぬ指摘に、当時の記憶が一気によみがえってくる。

横転するトラックの荷台から、次々転がり落ちる木箱に、割れるワインのボトル。

血の海のように真っ赤に染まる路上に、散乱する黒い拳銃と、金色の銃弾。

その中で、真藤は額から血を流し、「真藤――っ！」と叫ぶ小鈴の前で倒れたのだ。

思い出されるその光景に、小鈴はギュッと目をつぶった。

あの事件で押収されたのは、マカロフＰＭ八十五丁と、銃弾千二百発。

加えて、末端価格で五億という量の覚醒剤。

当時、警察は思わぬ大成果を挙げて、沸き返っていた。

『偶然の一致かもしれない。ただ、あの時、同時に押収された覚醒剤が横流しされているなら、拳銃も同じように、外に出回っているとは考えられないか』

真藤の言葉に、小鈴は手の中の携帯をきつく握り締める。

「可能性が無い……とは言えない」

『だったら、調べられるか』

小鈴は、すうっと息を吸い込んだ。そして、静かに問う。

「……真藤。それを調べて、俺にどうしろって言うんだ。もし仮にそれが事実だったら、おまえはいったいどうする気なんだ」

電話の向こうで、真藤が息を詰める気配がした。

「これは警察の威信《いしん》に関わる重大事件だ。それを暴いて楯《たて》に取り、あくまで荒城の無実を主張するつもりなのか」

小鈴の耳に嘆息が聞こえた。

『……そう思うのも、無理はないか。いや…そう思ってくれてもかまわない。俺は荒城の弁護人だからな』

真藤は自嘲するように言うと、声のトーンをガラリと変えてきた。

『でも、小鈴……おまえ、このままで悔しくないのか』

「何っ」

『――警察の隠蔽体質に屈したままで、本当にいいのか』

問われて、ズキッと心臓が痛んだ。

『俺はおまえに、警察官としての正義を失わずにいて欲しいんだ』

だが、その痛みはすぐに氷解して、小鈴の心を熱くする。

「…真藤……おまえ」

『いつもまっすぐ前を向いて突き進んでいく……そんなおまえの姿に、俺は惚れたんだ。だからこそ、ずっと一緒に同じ道を歩いて行きたかった。……叶わなかったけどな』

淋しげなその声音や、言葉の一つ一つに、真藤のひたむきで強い想いが伝わってくるような気がして、小鈴は胸が締めつけられた。

『俺は取り返しのつかないことを、おまえにした。それも、二度も繰り返し…。謝ってすむことじゃないし、こんなことを言えた義理じゃないのもわかっている。だから、あとはおまえに任せる。時間を取らせて悪かった。……じゃあな、小鈴』

「真藤っ…」

叫んだ時には、通話は切れていた。呆然としている小鈴の視界に、火の点いていない煙草を持って、こちらを凝視している深森の姿が映る。

「……何を調べろって、言ってきた？」

「深森…さん…」

「真藤の奴、今度はいったい何を探り当てたんだ？」

そう言って深森は、つかつかとベンチに歩み寄り、小鈴の隣に座った。

そして、小鈴から一通り話を聞き出すと、頭を掻きむしった。

「…ったく。覚醒剤だけじゃなく、拳銃もか…？　こりゃ、本格的にヤバイな。きっちり腹を据えてかからねぇと、マジで足元をすくわれるぞ、小鈴」

言いながら携帯を取り出す深森に、小鈴は目を見張る。

「あ…あの、深森さん？」

「とりあえず、マカロフの確認だな。プロファイリングの時のように、本庁に筒抜けになったら元も子もない。ここは、そうだな…鑑識のベテランに内々で頼んで…」

「ちょっと待って下さい、深森さん。本気なんですかっ」

「悔しくないのかって言われたんだろ？　隠蔽体質に屈したままでいいのか、って」

「深森さん…」

「相棒の元相棒に、そこまで言われたんじゃ、もうやるっきゃねぇだろうが」

ニッと笑う深森に、小鈴は瞬いた目を、さらに大きく見開いた。


三日前のあの夜——

小鈴は早朝、目を覚まし、ギクリと硬直した。

薄暗がりの中、眼前に人の顔があったからだ。

だが、それが真藤の寝顔だと気づいて、ホッと安堵する。

こんな間近で眼鏡を外した真藤の顔を見るのは初めてで、小鈴は覚醒したばかりのぼんやりとした意識の中、しばらくの間、端整で男らしい相貌を見つめ…——

そして、弾かれたように半身を起こした。

途端に下半身に鈍痛が走り、小鈴は「うっ…」と低く呻いて、躰を強張らせた。

その横で、真藤が眉根を寄せ、身じろぐ。

「…ぅ……ん…」

小鈴は息を詰めた。閉じられた真藤の瞼が、今にも開きそうだったからだ。

その目が情欲に燃え立ち、凶暴な光を宿して襲いかかってきた時のことが、生々しくよみがえる。

『好きだっ……小鈴…っ』

骨が軋むほど強く抱き締められ、感じる部分を立て続けに突き上げられた。

それこそ、何度射精させられたのかも、思い出せないほど。

もうやめろ…やめてくれと懇願したのに聞き入れず、真藤は繰り返し小鈴を求めてきた。

『軽蔑していい。罵ってもかまわない。でも…今は、俺に抱かせろ』

ブルッと躰が震えた。

小鈴は真藤を起こさないよう、慎重《しんちょう》にベッドから降り立った。

そして部屋の中を見回し、脱ぎ捨てられた真藤の黒いシャツと、自身の下着やズボンを身につける。小鈴のワイシャツは無残にボタンが飛び、引き裂かれていたからだ。

そうして小鈴はなんとか身なりを整えると、ベッドを振り返った。

半裸で横臥《おうが》している真藤は、泥のように眠ったまま、微動だにしない。

その静かな寝顔が、苦渋《くじゅう》を噛み締めて歪んだ瞬間を、小鈴は次々思い出す。

『騙していたわけじゃない。……言えなかったんだ』

『天罰が下ったと思った。おまえはもう、小鈴の側にいる資格はないと』

『側にいれば、いつか必ず、また俺は過ちを繰り返す。こんなふうにな…』

胸の奥が、ギュッと絞り込まれるように痛んだ
真藤が、とうの昔に記憶を取り戻しながら黙っていたことには、憤りを感じる。

再びレイプ紛《まが》いに襲ってきたことも、許せないと思った。

でも、それ以上に真藤が自分に対して明確な恋愛感情を抱いていたということに、小鈴は今さらながら大きなショックを受け、動揺していた。

『好きだったんだ……ずっと。出会った頃から、俺はおまえのことが好きだった』

長年、秘めてきた激情が、迸《ほとばし》るような叫びだった。それは三年前に洩れ聞いた幻聴よりも、はるかに胸に迫る響きで、小鈴の心を激しく揺さぶった。

「真藤…おまえ、そんなに長いこと思い詰めてたんなら、なぜ言ってくれなかったんだ」

眠る真藤を前に呟いて、小鈴は唇を噛み締める。

——言ってくれれば、いくらでも力になってやったのに…。

そう思う自身の気持ちに嘘はない。

だが、それはあくまでも、親友という立場での助力であって、真藤が求めているものとは、根本的に違う——それが真藤自身にもわかっていたからこそ、言えなかったのだ。

刹那《せつな》的に小鈴を抱くしか、なかったのだ。

『——今だけでいい。俺のものになってくれ……小鈴』

思い出される哀願の声に、小鈴は胸が張り裂けそうになる。

「……真藤…」

やるせなさを吐き出すように、名を呼ぶ。

そして小鈴は真藤に背を向けて、部屋をあとにした。


あれから小鈴は仕事の時以外は、ずっと真藤のことを考え続けてきた。

後悔と怒り、そして困惑に思い悩みながら。

唯一無二の親友だと自負してきたくせに、なぜ真藤の苦しい気持ちを少しも察してやれなかったのか——小鈴はまず第一に、自分の鈍感さを責めた。

そして次に、真藤に対して腹が立った。

真藤が小鈴《じぶん》を好きだという気持ちは理解できる。男が男を好きになるなんておかしいと、長い間、言えずにつらかったのだろうということも想像に難《かた》くない。

でも、だからといって、あんな乱暴を働いていいという免罪符《めんざいふ》にはならないからだ。

――真藤も真藤だ。好きなら好きで、駄目もと覚悟で告白するとか、手順ってものがあるだろう。それを全部吹っ飛ばして、いきなり襲いかかってくるなんて…。

だが、そこまで考えて、小鈴は己を顧《かえり》みる。

だったら自分は、真藤が手順を踏んで告白してきたら、どうするつもりだったのかと。

真藤の気持ちを受け入れたのか、それとも拒絶したのか――

――たぶん、驚きはするけど、その場で即行拒絶する…ってことはないよな…。

なぜなら小鈴には、同性愛に対する偏見《へんけん》や嫌悪感はないからだ。

同性だろうが異性だろうが、お互いまじめな付き合いをしているのであれば、それはそれでかまわないと思っている。

――でも…だからって、すぐにOKもできなかったと思う…。

真藤の気持ちに応えるということは、イコール恋人になるということだからだ。

もちろん小鈴は、親友の真藤のためならどんなことでもしてやりたいと思ってきた。

その気持ちは、昔も今も変わりない。

でもそれがはたして友情の枠を越えるものなのかどうか、小鈴にもよくわからない。

――だって、恋人になるってことは、真藤とキスしたり、抱き合ったり、セックスする仲になるってことだろう…。

小鈴はゴクリと唾《つば》を飲み込んだ。

脳裏に、劣情《れつじょう》に揺れる男の瞳が、生々しく浮かび上がったからだ。

『すごいな……溢れてきた』

小鈴を愛撫しながら、乱れるその媚態《びたい》をあまさず見つめてくる、熱っぽい眼差し。

『ここがいいのか……小鈴』

浅く…緩く、小鈴の感じる部分を探るように出し入れされる、真藤の熱くて固い…。

――…だ……駄目だ！　やっぱり無理だっ…。

カーッと火が点いたように、小鈴は赤面する。それは想像ではなく、身をもって体験した分、リアルな感触となってよみがえり、小鈴をいたたまれなくさせた。

真藤とのことをいくら真剣に考えても、いつもこのあたりでギブアップしてしまう自分が情けなく、歯痒《はがゆ》い。

もしも男同士のセックスが無理だと思うのならば、真藤をきっぱり拒絶するべきだ。

それが本当の誠意というものだろう。

ずっと親友でいたいという自分だけに都合のいい付き合い方は、もうできないのだ。

「おい……小鈴？　……どうした？　聞こえてないのか」

「……え…？」

「おまえ、風邪でも引いたか。また顔が赤いぞ」

深森に顔を覗き込まれ、小鈴は飛び上がる勢いで我に返った。

「だ……大丈夫ですっ。なんでもありません」

「本当か。なんかボーッとしてるぞ」

「本当に、なんともないです。それより、その…話はついたんですか」

「あ？　…ああ。大丈夫だ。連絡はついた」

深森はそう言って、体勢を元に戻し、ベンチの背もたれに寄りかかった。

「今、鑑識課の津川《つがわ》さんっていうベテランに頼んで、内密に警視庁のデータを洗ってもらっている」

「鑑識課…って、よりによって本庁の鑑識に調べてもらうなんて、大丈夫なんですか」

所轄署の鑑識は、どこも係体制になっている。

なので『鑑識課』と呼ばれる部署があるのは、警視庁だけだ。

「心配ないって。彼は口も堅いし、秘密の仕事に燃えるタイプなんだ。それに、内部の人間に調べさせたほうが断然早いし、かえってバレない。…っていうか、小鈴」

「はい？」

「――おまえ、真藤となんかあっただろ」

「えっ…なっ…なんですか、突然」

声を上擦らせて焦る小鈴を前に、深森は平然とポケットから煙草を取り出して言う。

「突然も何も、ここ最近のおまえを見てたら、一目瞭然だろうが。もしかして、とうとう押し倒されちまったか？」

「お、押し倒…っ、…なわけないでしょう、深森さんっ。何言ってるんですか」

小鈴は真っ赤になって否定すると、慌てて辺りを見回した。

だが、もともとヤバイ話をしていたので、当然周囲に人影は無い。

「嘘をつくな。そんなに赤くなったり青くなったりしていて、俺がわからないと思うか。何かあったに決まってるだろう。ったく、おまえは自分のこととなると、すぐ顔に出る。まぁ、俺にすりゃ、真藤もたいがいわかりやすいけどな」

深森の言葉に、小鈴は目を見開く。小鈴にすれば、わかりづらいことこの上ない真藤を、そんなふうに言う深森が信じられなくて。

「……で？　何を悩んでる。正直に言ってみろ」

煙草に火を点け、一息煙を吐いたあと、深森はおもむろに小鈴に向き直った。

だが、いくら気心が知れているとはいえ、やはり本当のことは言い出しにくい。

心配してくれる気持ちはありがたいが、これは真藤と自分のプライベートで、かつデリケートな問題なのだ。なのに深森は、いきなり核心を突いてくる。

「なんだ。真藤に抱かれて、そんなにショックだったのか？」

「なっ」

「信じてたのに裏切られた、って腹を立ててるのか？」

「ふ…深森さん、何を勝手に…」

「それとも、ゲイなんて気持ち悪い。冗談じゃない。どうかしてる、って思ってるとか」

「違います！　俺は別にゲイに偏見《へんけん》なんて持ってませんっ。ただ…」

売り言葉に買い言葉のような調子で答えてしまい、小鈴はハッと口を噤《つぐ》んだ。

「ほう…。ただ？」

深森は悠然と煙草をふかして先を促す。小鈴は観念したように肩を落として言った。

「……わからないんです」

それが今の正直な気持ちだったからだ。そんな小鈴に、深森は眉間に縦皺を寄せる。

「わからないって、何が？　まさか、自分の気持ちが…とか、青くさいこと言うんじゃねえだろうな」

小鈴は沈黙した。そのとおりすぎて「はい、そうです」とは言いづらかったからだ。

するとと深森は、ガシガシと頭を掻きむしって。

「あー、まったくもう。おまえも真藤も、見てて背中がムズムズしてくるぜ」

携帯灰皿で煙草を揉み消すと、深森はいきなり小鈴の肩を鷲づかみにした。

「――だったら一発、俺とやってみるか」

「えっ…あっ、深森さん!?」

叫んだ時には、小鈴の躰はベンチに押し倒されていた。

「大丈夫だ。任せとけ。俺は男もイケる口だから」

「なっ……ええっ!?」

驚く隙に、股間をキュッと握り込まれる。

次いで強弱をつけてリズミカルに揉み込まれ、腰がビクンと撥ねた。

「ちょっ…冗談は、やめてくだ…ああっ」

阻止《そし》しようと腕をつかむが、深森は冗談どころか本気で小鈴を押さえ込んでくる。

あげく、男の弱点を的確に刺激してくるので、満足に力が入らない。

「お…なかなかいい反応するじゃねぇか、小鈴」

だが、深森が唇を舐めて小鈴のワイシャツを引っ張り、直に胸を撫で上げてきた途端。

小鈴の全身に、ぞわわわっと鳥肌が立った。

「やっ……やめろ――っ！」

小鈴は渾身《こんしん》の力を振るって、深森を突き飛ばした。

その躰がベンチから派手に転がり落ちる。だが、尻餅《しりもち》をついた深森は盛大に笑って。

「なんだ、小鈴。おまえ、ちゃ～んとわかってるじゃねぇか」

「…何が…ですか」

小鈴は、はぁはぁと荒い息をつきながら、怪訝な顔をする。

「――だから、おまえも真藤に惚れてるってことだ」

「ど、どういう理屈ですか、それはっ…」

赤い顔をして食ってかかる小鈴に、深森はいともあっさり答える。

「でなけりゃ、おまえが黙って男に抱かれるわけがないだろう」

「……え？」

「だいたい、あれこれ悩んでる時点で、もうＯＫってことじゃないのか。本気で嫌なら、今みたいにその場で思いっきり拒絶してるって」

「…まさか、そんな……」

「まさかもそんなもあるか。今のではっきりしたろうが」

衣服の汚れを払い、笑いながら立ち上がる深森に、小鈴は呆然とする。

「だったら……無理だって思ってたのに……無理じゃなかった…ってことなのか…」

呟くように言って、小鈴はカアッと頬を染める。

途端に深森は眉根を寄せた。

「ああ？　何が無理だって？　まだわからないのか。煮え切らない奴だなぁ。だったらおまえ、女に嫉妬したこととかねーのか」

「嫉妬…？」

「真藤の奴、すごくもてるだろう。そういう真藤の周りにいる女にムカつくとか、イラッとするとか、自分が取って代わりたいとか…」

「あっ…」

脳裏に、真藤と並んで歩く、事務所の受付嬢の姿が浮かんだ。

「あるのか？　あるんだな。だったら決まりだっての。おまえは真藤に惚れてるんだよ」

「決まりって、深森さんっ……ちょっ待…、ええっ？　俺、本当に真藤を…？」

きっぱり断定する深森に、小鈴は激しくうろたえる。

それを制するように、深森が「ちょっと待て、小鈴」と言って、ポケットに手を突っ込んだ。携帯の着信音が聞こえる。

深森は素早く携帯を取り出すと、「さすが早いな」と驚き、小鈴に目配せをした。

おそらく電話は、津川というベテラン鑑識からだろう。

小鈴は素早く気持ちを切り替え、刑事の顔になった。

そして乱れた着衣を整えながら、深森の様子を窺う。

「……ええ。……そうですか。……わかりました。引き続き、よろしくお願いします」

電話はすぐに切れた。小鈴は勢い込んで尋ねた。

「もう何かわかったんですか」

「ああ。でも、残念だが、今回はハズレかもしれないぞ」

深森はそう前置きをして、津川からの情報を小鈴に話した。

確かに発見された凶器と、三年前に押収された拳銃は、同型だった。

マカロフPM、口径九ミリ、銃身九十八ミリ、施条は四条右回り。

すべて一致する。

だが保管庫の中の拳銃数は、事件当時からずっと変わっていないというのだ。

「でも、それってあくまでも記録上の数は…ってことですよね」

「ああ。いくら津川さんでも、こんな短時間に保管庫の中に入って、八十四丁もの現物を数えられるわけがない」

「だったら、実際には数が減っているんじゃ…」

「いや、例のプロファイリングの一件があったあと、すぐに保管庫の中の覚醒剤と一緒に拳銃の数も確認し直されたらしい。その上で、増減なしだったということだ」

「じゃあ、覚醒剤のように、外部に出回っている可能性は…」

「たぶん、無いな」

深森の言葉に、小鈴は落胆した。

だが、同時に頭の中で、かすかな違和感を覚える。

「とりあえず津川さんには、当時の事件調書やデータベースを、詳しく…」

「待って下さい、深森さん」

小鈴は思わず立ち上がり、叫んだ。

「——俺の記憶違いじゃなければ、あの時、現場から押収されたマカロフは、八十四丁じゃない。八十五丁だったはずです」

「なんだって?」

小鈴の言葉に、深森は顔色を変えた。

◆

翌々日、小鈴と深森は荒城のマンションの管理人に会いに行った。

「ああ。そうそう、この方ですよ。この間の大掛かりな捜査の前に、一人でいらしたんで、よく覚えてます」

管理人は、差し出された五枚の写真のうち、迷わず大河原を指さして、そう答えた。

小鈴と深森は、思わず顔を見合わせた。

「刑事さんって、普通コンビで動くものですよね。だから珍しいなと思って聞いてみたら、本庁の警視さんだとかで…。部下はほかの捜査で多忙を極めているから、一人で下見に来た…とおっしゃってましたよ。警視さんって、すごく偉い方なんでしょう？　なのに、そんな方が、部下を気遣ったり、『たびたびお騒がせしてすみません』って、とても丁寧《ていねい》に挨拶されたんで、できた方だなぁと感心してたんですよ」

管理人の男性の返答に、小鈴と深森は複雑な心境になる。

根っからのエリートに、そんな気遣いをする者は少ない。

叩き上げの刑事だからこそ、できる配慮《はいりょ》だった。

「そうなんだよな…。本来、あいつは、現場の人間の苦労を誰よりわかってる奴なんだ。なのに、こんなふうに疑わなけりゃならないなんて、気が重いぜ…」

車に乗り込むなり、深森が嘆息混じりに言う。

小鈴はかける言葉もなく、運転席に座った。

『警察関係者なら、拳銃を一丁ひねり出して天井裏に忍ばせるぐらい、わけないいんじゃないのか』

拳銃の数が合わないことに気づいた後、深森は「大河原なら、それが可能かもしれない」と小鈴に言った。

三年前の密輸事件の時、大河原は捜査本部に参加していた。

しかも、当時所属していた部署は、現在の捜査一課ではなく、銃器と覚醒剤を扱う、組織犯罪対策第五課。

だから警察が押収した拳銃と覚醒剤には、容易に接触できたはずだ。

大河原には、三つの可能性がある。

一つは、保管庫の覚醒剤を着服できる可能性。

もう一つは、当時八十五丁あったと思われる拳銃の一丁を、窃取《せっしゅ》できる可能性。

そして最後の一つは、その拳銃を荒城の部屋の天井裏へ忍ばせることができる可能性。これは今、話を聞いたばかりの管理人の言葉が、証明している。

しかも、小鈴たちが密かに警察官の指紋データベースを調べた結果、拳銃と一緒に発見されたジャケットに附着《ふちゃく》していた指紋が、大河原のものと一致したのだ。

犯罪者のデータベースは調査済みだったが、こちらは思わぬ盲点《もうてん》だった。

「本来なら指紋が一致した時点で、参考人として大河原を事情聴取するべきなんだがな」

「そうですね。訊きたいことはたくさんある…。警視の指紋が、なぜジャケットについていたのか？　拳銃を天井裏に置いたのは、警視なんじゃないのか？　それに…」

言い淀《よど》む小鈴に、深森がきっぱりあとを継いで言う。

「——その拳銃で林田を撃ったのは、大河原なんじゃないのか？　だろ？」

「…そうです。ちょっと飛躍しすぎな気もしますが」

「そんなことはない。俺なんか、三年前、拳銃を盗んだのも、覚醒剤を林田に横流ししていたのも、もしかしたらおまえなんじゃないのか、って大河原に問い質したいぐらいだ」

「でも今、俺たちが下手に動くと、すぐに上から圧力がかかりますよ。警視を尋問するどころか、こっちの首が絞まるかもしれません」

「ああ。指紋の件だけじゃ決め手には欠ける。ほかはあくまで可能性…憶測に過ぎない。証拠もなければ、あいつがそんなことをする動機《どうき》すら見当がつかない」

それに、大河原は本庁の指示で、新宿中央署に派遣されたのだ。

警察の不祥事を揉み消すために、逸脱《いつだつ》した行為をしたかもしれないが、個人的に何かを画策《かくさく》していたとは考えにくい。

「せめて、大河原と林田の接点が何か見つかればな……展開も変わってくるんだろうが」

苦渋を噛み締めるように言う深森に、小鈴の胸が痛む。

自分と真藤のように敵対するのもつらいが、元相棒をこんな形で疑わなければならない深森も、きっとやりきれない気持ちに違いない。

「だったら、深森さん。俺たちでもう一度、二人の周辺を洗ってみましょう。俺もこのままじゃ納得できません」

でも、小鈴はあえて前向きに提案する。たとえどんな真実であっても、わからないよりは、わかったほうがいい。でなければ、時間はずっと止まったまま、何も解決しないのだと、小鈴は真藤との三年間で嫌というほど思い知らされたからだ。

「小鈴…。ああ、そうだな。おまえの言うとおりだ」

噛み締めるように言う深森の胸元で携帯が鳴った。かけてきたのは佐々木だった。

『バカもん！　おまえたち、無線を切ったまま、どこをほっつき歩いてる！　事件だ。コロシだ。現場に急行しろっ』

小鈴と深森は、思わず顔を見合わせた。

どうやら、大河原の件は後回しにするしかないようだ。

「すみません、課長。すぐに向かいます。で、現場は？　……了解しましたっ」

即時対応する深森に、小鈴も素早く車のエンジンをかけ、シフトレバーに手を伸ばす。

だが、小鈴はその手を、反射的に引っ込めた。

無線のスイッチを入れようとした深森の手と、触れ合ってしまったからだ。

「あ…す、すみませんっ」

小鈴は慌てて謝った。深森は一瞬、呆気《あっけ》に取られた顔をして、苦笑する。

「なんだ、小鈴。この間のこと、気にしてるのか」

「いえ…別に。違いますよ…」

「なんだ。歯切れが悪いな。まぁ、とりあえず車を出せ。現場は西新宿四丁目だ」

「わかりました」

小鈴は深呼吸をしてハンドルを握り、車をスタートさせた。

その横で深森は携帯をポケットに仕舞い、ついでにパイポを取り出して言う。

「心配するな。もうおまえには襲いかかったりしない。この間のは、おまえと真藤を見かねて荒療治《あらりょうじ》をしただけだ」

「そう…ですよね。俺も、そう思ってました」

半信半疑に答える小鈴に、深森がパイポを咥えながら笑った。

「なんだ、おまえ、がっかりしてるのかぁ」

「まさか。違いますよ。俺はただ、深森さんが、その……男もＯＫだったっていうのが、ちょっと信じられなくて…。だって深森さん、結婚してたじゃないですか」

「ああ。なんてことはない。単に離婚してから女が駄目になっただけだ」

「えっ…そうだったんですか…。俺、全然、気づきませんでした」

しみじみと納得する小鈴に、深森があきれたように嘆息する。

「だろうなぁ。おまえ、自分がバイだってことにも気づいてなかったみたいだしな。おまえが真藤のことを嬉しそうに話すたび、俺はいつ押し倒して『おまえも同族なんだぞ』って教えてやろうかと考えてたんだぞ」

「ええっ、深森さん、いつもそんなこと考えてたんですか」

叫んで小鈴は思わずハンドルを握り締める。背中に冷や汗が滲んだ。深森は小鈴のそんな反応が楽しいのか、「バカ。冗談だ。しっかり運転しろ」と笑って言う。

「安心していい。基本的におまえは俺のタイプじゃないからな」

「あ……そうなんだ。よかった…」

だが、ホッとする反面、なんだかムッとするような複雑な気分になるのはなぜだろう。

「どっちかっていうと俺は、エリートでクールな眼鏡男がタイプなんだ」

「へぇ……エリートで、クールな眼……ええっ」

小鈴の脳裏に、まさにうってつけの男の顔が浮かんだ。

「もしかして深森さん、真藤を押し倒したいんですか!?」

「押し倒していいならな」

「駄目です！」

即答する小鈴に、深森がパイポを噴き出す勢いで爆笑する。

その姿に、小鈴はようやく自分がからかわれたことを知った。

「深森さん、冗談きついですって。マジで事故ったら、洒落になりませんよ～」

殺人現場に向かう刑事とは思えない情けない声に、深森の笑い声が一段と高くなった。

◆

一週間後、殺人事件は無事に解決した。

事件は林田の時のように複雑なものではなく、単純な強盗殺人事件だったので、容疑者も比較的早くに逮捕され、自供にも素直に応じた。

その間、小鈴と深森は暇をみつけては、大河原と林田の接点を探し続けた。

そして、それとは別に、小鈴は何度も真藤に電話をしていた。

だが、よほど忙しいのか、真藤は一向につかまらない。

おそらく、荒城の裁判の準備もあるのだろう。そう思って、留守電メッセージを入れたり、メールも送ってみたが、真藤からの返信はなかった。

「……今日もまた、連絡なしか……」

午後七時、大きな事件が一つ片づいたせいか、課員たちは早々に帰宅し、刑事部屋は人影もまばらだ。小鈴も本当なら、すぐにでも真藤に会いに行きたかった。

それをぐっと堪えて、小鈴は携帯を閉じ、パソコンの画面に目をやる。

そこには、大河原が過去に取り扱った事件調書のデータが、大量に映し出されていた。

鑑識の津川が内密に調べ上げてくれたものだ。小鈴は、そこに大河原と林田を繋ぐ情報が眠っていないかと、一つ一つ入念にチェックしていく。

もちろん、深森も林田の携帯から消去された過去の発着信履歴を復元して調べており、津川にも引き続き画像データチェックなどの協力をしてもらっている。

小鈴、おまえ、このままで悔しくないのか――喝《かつ》を入れるような真藤の言葉に、真相の追究を半ばあきらめかけていた小鈴と深森は奮い立たされたのだ。

その思いに報いるためにも、今は一刻も早く真相を明らかにしたい。

『いつもまっすぐ前を向いて突き進んでいく……そんなおまえの姿に、俺は惚れたんだ。だからこそ、ずっと一緒に同じ道を歩いていきたかった。……叶わなかったけどな』

この言葉を思い出すたび、小鈴は胸がジン…と熱くなる。

と同時に、過去形で言う真藤に、ひどく切ない気持ちにさせられた。

でも、もしかしたら自分の気持ち一つで、過去にせずにすむのではないかと小鈴は思う。

おまえは真藤に惚れてるんだよ――深森は、そう断言した。

真藤と抱き合うことを無意識に許容し、嫉妬までしていたのだから、たぶん深森の言うとおりなのだろう。

けれど小鈴は、今一つ自信が持てない。

真藤と一緒にいたい、なんでもしてやりたいと思うあまり、それを恋愛感情と取り違えているだけなのではないか。

嫉妬したのも、単なる独占欲なのでは…と、心は揺れ動くばかりだ。

でも、今のこの気持ちを真藤に伝えられたら、きっと結論が出るような気がする。

だから真藤に会いたい。早く真藤に…――募る思いに、小鈴はちらりと携帯に目を向けた。いつまで経っても、メール一本すら返ってこない携帯に。

『――今だけでいい。俺のものになってくれ……小鈴』

耳によみがえる刹那《せつな》的なその響きに、ズキッと胸が痛む。

不吉な予感が頭を掠めた。もしかしたら真藤はもう、自分と小鈴の未来はないものと決めつけているのではないか。だから、何も連絡をしてこないのかも…――

「……まさか。そんなはずがない」

不安を振り払うように、小鈴は首を振った。そしてマウスをクリックしながら画面に意識を集中させ、次々映し出されるデータを確認し……ピタリと手を止める。

それは七年前の、ある暴行傷害事件の調書だった。

担当調査官の名前は、大河原公彦《きみひこ》。当時は警視ではなく、警部だったようだ。

そして、被疑者の名前は――林田郁雄。

「あった！　これだ」

小鈴は思わず画面に顔を近づけ、内容に目を走らせた。

当時、バーテンをしていた林田は、酔っ払った客同士の喧嘩《けんか》の仲裁に入り、殴る蹴るの暴行を加えて全治一ヵ月の重傷を負わせた。その際、自身も負傷したが怪我の程度は軽く、結果、過剰防衛と見なされ、懲役一年の実刑判決が下っていた。

その一連の捜査に携《たずさ》わったのが、大河原だったようだ。

調書には、林田の行きすぎた暴力行為を厳しく指摘する記述があった。暴行や傷害の前科が多数あること。反省の弁がまったく聞かれないことなどが克明《こくめい》に記されている。

「まさか……林田は、この件で大河原警視のことを恨んでいた…とか」

被疑者が自分を逮捕した警察官を逆恨みする――ままあることだが、今回の場合、それがどう事件に繋がるのかがわからない。

「――どうした、小鈴？　何か見つけたのか」

背後から聞こえて来た声に、小鈴は弾かれたようにして顔を上げた。

「深森さん？　ちょうどよかった。これを見て下さい」

小鈴が指さす画面を覗き込む深森の顔に、緊張が走った。

「これは……。こっちも、ドンピシャか」

「こっちもって……じゃあ、そっちも何か出たんですね⁉」

勢い込んで訊く小鈴に、深森は画面を見ながら、手に持っていたリストを差し出す。

「ああ。これを見ろ。林田の携帯の発着信履歴だ。過去の履歴を復元したら、二年前に一度だけ、大河原の携帯から林田に電話がかけられている記録が見つかった」

「警視が、林田に？」

小鈴は急いで付箋《ふせん》がつけられているリストをめくって、それを確認した。

「しかも、その直前、林田は携帯から警視庁に電話をかけている」

「警視庁って……それって、深森さん」

「そうだ。林田は大河原を呼び出したんだ。そして大河原は折り返し、自分の携帯で林田に電話をかけた…」

「それって、周囲には聞かれたくない話ですよね、たぶん。事件関係のことなら、普通はそのまま話すでしょう」

深森は「だよな。俺もそう思う」と答えながら隣席の椅子に座り、小声で言った。

「――これは俺の推測だが、大河原は林田に脅迫《きょうはく》されていたんじゃないかと思う」

「脅迫⁉」

思わず声を上げて、小鈴は慌てて辺りをはばかるように声をひそめた。

「いや…ありえるかもしれませんね。実は俺も今、林田は七年前の事件のことで、警視を逆恨みしていたんじゃないかと考えていたんです。でも、脅迫のネタはなんでしょう」

「それは、まだわからん。だが、そう考えると、いろいろ辻褄《つじつま》が合うんだ」

深森の筋読みは、大胆だが単純明快だった。

なんらかの理由で林田に脅迫された大河原は、保管庫の覚醒剤を林田に横流しした。それに味を占めた林田は、何度も要求を重ね、耐えかねた大河原は、隠し持っていた拳銃で林田を射殺した。

だが、幸いにも容疑者に挙げられたのは、直前に林田と揉めていた荒城だった。

荒城には覚醒剤所持と売買という確たる余罪もあり、アリバイもないため、大河原もそのまま送検されると見込んでいたのではないか。

「そうか…。だから、思わぬところで覚醒剤の流出が暴かれそうになり、慌てて隠蔽工作に走ったのかもしれませんね。もしかしたら、うちの署に派遣されたのも、警視自身が本庁に掛け合ったのかもしれない…」

「ああ。可能性は大いにある。でも、大河原が拳銃を所持していたことも、林田に脅迫されていたという証拠もない。せめて、そのリストに記載されているプリペイドナンバーの携帯の一つが大河原のものであれば、指紋の件とともに、有力な物証になるんだがな」

深森の言葉に、小鈴は手元の発着信リストに目をやる。

そこには、所有者の欄《らん》が空白のプリペイドナンバーが、数多く見受けられる。

林田は表向きはバーテンでも、裏では覚醒剤のブローカーをしていた男だ。

身元がバレないように用心していた取引相手は、大勢いたに違いない。

「小鈴。俺は一度、大河原に会って、直接話をしてこようと思う」

真剣な顔をして深森が言った。いつもとは違う、確固たる決意が滲む表情だった。

「もしも、あいつが間違いを犯していたら、出頭するように説得したい。そのチャンスを俺にくれるか、小鈴」

「深森さん…。もちろんです」

小鈴は、きっぱりとうなずいた。

元相棒の過ちを正したい――そう願う深森の姿に、真藤のそれが重なる。

『小鈴、おまえ、悔しくないのか。警察の隠蔽体質に屈したままで、本当にいいのか』

小鈴を戒める凛《りん》とした声が、耳によみがえる。

硬質でクールで、なのに人一倍情熱的な男の面影が、脳裏に浮かんだ。

真藤に会いたい。小鈴は強くそう思った。

◆

時刻は、じきに午後九時になる。

小鈴は真藤のマンションの前に来ていた。

事務所に行くよりも、ここで待っていたほうが、確実に真藤に会えると思ったのだ。

案の定、いくらもしないうちに、見覚えのあるシルバーのマセラティが、駐車場へ滑り込んで行くのが見えた。

小鈴はスーツの上着を手に持ち、急いで駐車場へ向かった。

バンッと音がしてドアが閉められ、運転席から男が歩いてくる。

「真藤」

青白いライトの下で小鈴が呼ぶと、真藤はビクリとしてこちらに目を向けた。

ダークなベスト姿の真藤は、スーツの上着とアタッシェケースを手に、驚いてこちらを見つめている。

小鈴の心臓がドキンと高鳴った。久しぶりに見る真藤の顔は、疲れているのか眼鏡越しの目元に影が差して精悍《せいかん》さが増し、思わず息を呑むような男の色気が滲んでいる。

「……何しに来たんだ。小鈴」

絞り出すような問いかけに、小鈴はハッと息を詰める。

思わず見入ってしまった真藤の顔が、迷惑そうに歪んでいることに気づいたからだ。

「おまえと全然連絡がつかないから、直接会いにきたんだ」

小鈴は波立つ心を抑えつつ、そう言うと、真藤の側に歩み寄ろうとした。

途端に真藤は頬を引きつらせ、小鈴から目を背けた。

「今さらなんの用だ。俺の顔なんか、見たくもないはずだろう」

いつもは淡々としている真藤の突き放すような口調に、心臓がぎゅっと引き絞られる。

真藤の横顔には、深い後悔と拒絶の色が、ありありと浮かんでいたからだ。

やはり真藤は、わざと連絡してこなかったのだ。

小鈴との繋がりを、断つつもりで。

――真藤っ……。

瞬間、迷いや疑問や戸惑いに揺れ動いていた小鈴の気持ちが、一気に吹き飛んだ。

そして、ただ一つの想いに集約されていく。

もう二度と、真藤を失いたくない――という強い希求《ききゅう》に。

小鈴は今すぐ駆け寄り、真藤を両手で抱き締めたい衝動に駆られた。

そこまで自分を責めるな、追い込むな、と言ってやりたかった。もうこんな昏い顔はさせたくない、真藤の笑顔を取り戻してやりたい。そして自分に笑いかけて欲しい。そのためなら、自分はどんなことでもできる。

そして、この想いが恋愛感情だというなら――

――俺は間違いなく、真藤のことが好きなんだ…。

ずっと決着をつけられずにいた気持ちが、収まるところに収まったような気がした。

小鈴は一つ大きく息をつき、あえて自然な口調を装って言う。

「……そんなことはない。事件が片づいたから、おまえに会いたくて来たんだ」

すると、真藤は弾かれたようにしてこちらに顔を向け、眉根を寄せた。

「事件が片づいた…って、林田殺しの真犯人でも捕まったのか？」

「いや…それはまだだが、例のマカロフはおまえが言ってたとおり、三年前に押収されたものだとわかったんだ」

「何だって？　……そうか。やっぱりな」

そう言ってうなずく真藤に、小鈴は少しホッとする。とりあえず、話をする気はあるようだ。ならば、いきなり自分たちのことを持ち出すよりも、まずは事件の報告をしてから切り出したほうがいいだろうと、小鈴は考える。

「実は、その件で、おまえに話そうと思ってたことがあるんだ。公判を控えて忙しいかもしれないが、少し時間が取れないか」

小鈴がそう言うと、真藤は渋い顔をしながら嘆息した。

「……仕方ないな。だったら、どこか場所を変えて……」

「できれば、おまえの部屋で話がしたい」

その途端、レンズの奥の瞳が、すぅ…っと細くすがめられた。

「……気は確かか、小鈴」

「ああ。疲れているところ、悪いんだけどな」

あくまで平然として答える小鈴に、真藤の片眉がピクリと撥ねる。

「……おまえが、それでいいなら、俺はかまわない」

抑揚《よくよう》のない声で言って、真藤は固い表情のまま、小鈴に背を向けてエントランスのほうへ歩き出す。小鈴も深呼吸をして、その後に続いた。

真藤とあんなことがあったのは、まだほんの十日前だ。

その現場に小鈴自身が行きたいと言ったのだから、真藤が困惑するのは当然だ。

もちろん小鈴も、あの夜、真藤にされたことを思い出せば、冷静ではいられない。

それでも小鈴自身の気持ちが定まった今、もう闇雲《やみくも》にうろたえることはないだろう。

けれど、真藤はきっと長年の抑制が切れて、再び小鈴に襲いかかってしまったことを、ひどく後悔しているはずだ。

小鈴に断罪されても当然のことをしたと、思っているに違いない。

だからこそ、小鈴にはもう会うまいと連絡を絶ったのだ。

こんな真藤に、はたして自分は気持ちを上手く伝えることができるのだろうか――

小鈴は、前を歩く真藤の背中を見つめ、ブルッと震えた。

この躰の中に秘められた、激しい恋情を思い出し、急に緊張してきたのだ。

だが、エントランスを過ぎてエレベーターに乗り込んだ所で、小鈴は自分だけでなく、真藤もまたひどく緊張していることに気づく。

密室の中、真藤の全身からビリビリするようなオーラを感じる。

それはそうだろう。真藤のほうこそ、こうやってずっと小鈴のことを意識してきたのだ。

その気持ちにまるで気づかず、親友として接し続けてきた愚かしい自分を、小鈴は今さらながら叱責《しっせき》したい気持ちになった。

「……何か飲むか」

部屋に入り、リビングに足を進めたところで真藤が尋ねる。小鈴は首を横に振った。

「いや、いい。それより話がしたい」

「ああ。マカロフのことだったな。…で？　押収品が減っていた証拠は上がったのか」

真藤はスーツの上着を背もたれに放ると、ソファに腰をかけた。

小鈴もそれに倣《なら》い、斜め向かいの席に座る。

「いや、押収品は保管された時点から減ってはいない。八十四丁、全部が揃っていた」

「八十四丁？　確かあの時、警察が押収したマカロフＰＭは、八十五丁じゃなかったか」

怪訝な顔をする真藤に、小鈴は目を見張り、うなずいた。

「ああ。やっぱり、おまえも覚えていたんだな」

当時、怪我をして記憶までなくしていた真藤が、覚えているぐらいだ。

間違いなく拳銃は、八十五丁あったのだろう。

「この矛盾《むじゅん》が警察内部でなぜ問題視されてこなかったのか…今はまだ調査中だ。でも押収されてから保管庫に収納するまでの間に、誰かが一丁持ち出したのは確実だと思う」

「――だったら、やっぱり犯人は、大河原か」

さらりと決めつけるように真藤が言う。

「奴は三年前、密輸事件の捜査本部に参加していただろう？　それも組対五課の課員として。ってことは、押収品の覚醒剤も拳銃も、密かに持ち出そうと思えば難なくできる立場にいたんじゃないのか」

「真藤…。おまえ、そんなことまで、覚えていたのか」

「いや、それは今回、俺が独自に調べてみてわかったことだ」

小鈴は再び目を見張った。

弁護士事務所の所長で、しかも荒城の公判を抱えた忙しい身で、いつそんなことを調べたのか。もちろん調査のツテはいろいろあるに違いない。それに真犯人が捕まれば、荒城の容疑も晴れる。

だが、それは普通、弁護士のする仕事ではない。しかも知り得た少ない情報で、小鈴や深森と同じ見解に行き着く真藤の洞察力《どうさつりょく》に、小鈴は素直に感嘆した。

「すごいな…真藤。やっぱりおまえは、刑事に向いてるよ」

真藤は、小鈴のまっすぐな視線から逃れるよう顔を背けた。

「よせよ。仮説を立てるぐらい誰でもできる。大変なのは、それを証明することだろう」

「ああ。警視の件については、今、内々で証拠固めをしている最中だ」

「おまえと深森とで…か」

含みのある口調に、小鈴は今度こそ真藤を煽らないよう、慎重に言葉を選ぶ。

「もしも大河原が間違いを犯していたなら、なんとか出頭させたい。…深森さんは、そう言っていた。たぶん今頃は、警視の説得に当たっているはずだ」

「出頭させるために、説得を?」

驚いてこちらに視線を戻す真藤に、小鈴は「ああ。そうだ」とうなずいた。

「真藤。今回、ここまで捜査を進めることができたのは、おまえのおかげだ。このままで悔しくないのかと、おまえがけしかけてくれたから、俺は頑張れた。ありがとう」

そう言って、小鈴はきっぱり頭を下げた。

「それに、今まで本当にごめん」

「……なんの真似だ……いったいそれは」

一瞬押し黙り、真藤が詰問してくる。小鈴は頭を上げて答えた。

「ずっと、おまえの気持ちに、気づけなかったことを謝りたい」

途端に、真藤の表情が険しくなった。

「そんなこと、なぜおまえが謝る必要がある?」

「俺は、真藤のことは誰よりも理解してるって…最高の相棒で、親友なんだって、一人で勝手に信じ込んでいた。本当はおまえのこと、なんにもわかってなかったくせにな。おまえが俺の隣で、どんなに苦しんでいたのかも、何一つ気づかなかった…」

一つ一つ噛み締めながら言う小鈴に、真藤は顔を歪めた。

「当然だろう。気づかれないように、細心の注意を払ってたんだ」

吐き出すように言う真藤に、小鈴の胸がきつく締めつけられる。

「でも結局は、その信頼を裏切って、俺はおまえをレイプした。それも、二度もな…。だから、おまえが謝る必要なんてないんだ。……謝ってなんて、欲しくないっ」

真藤がどれほどあの時のことを悔やんでいるのかが、ひしひしと伝わってくる。

だからこそ小鈴は身を乗り出し、断固たる口調で言った。

「ああ。確かにそうだな。相手の意思を無視した、あんなやり方、俺は絶対に許せない」

途端に真藤は顔を強張らせた。

「いくら好きでも、やっていいことと悪いことがあるからな。たとえそれが、思い詰めた末の行動だとしてもだ」

「小鈴…」

真藤の顔からスゥ…と血の気が引いていく。それを見つめながら、小鈴は続けた。

「男が男を好きになるってことは、やっぱり普通じゃないし、おまえが告白できなかった気持ちは、俺も理解できる。でも、わけもわからないまま、押し倒されて犯された俺の気持ちが、おまえにわかるか？　たとえ男相手でも、強姦はれっきとした犯罪なんだぞ」

断罪するように言うと、真藤はまるで被疑者のように肩を落とし、うなずいた。

「……ああ。訴えられても当然のことを、俺はおまえにしたんだ」

「本気でそう思ってるのか」

「ああ。もちろんだ」

真藤は、もうこれで終わりだと言わんばかりに身を固くしている。

その姿を真正面から見据えて、小鈴は言った。

「――だったら、まず謝れ、真藤。それが筋ってもんだろう」

「小鈴…？」

真藤が弾かれたように顔を上げた。

「謝ってすむことじゃないとか、訴えられて当然とか、勝手に決めつけて逃げるな。それに、好きなら好きで、まずそう言え。普通はそうするもんだろう。手順を全部吹っ飛ばして、いきなり襲いかかられる身にもなれって言うんだ」

「小鈴……おまえ、何を言って…」

てっきり小鈴に絶縁されるものと思っていたに違いない真藤は、日頃のクールさが嘘のように困惑をあらわにしている。

小鈴は険しい表情を崩して、フッと笑みを浮かべた。

「まぁ、俺も、もっと早くにおまえの気持ちを察してやれたら…俺もおまえが好きだって気づいていたら、おまえをこんなにも苦しめずにすんだんだけどな」

さらりと言った途端、真藤の顔色が変わった。

「……なんの冗談だ……小鈴」

「冗談なんかじゃない。俺も、やっと気づいたんだ」

真意を探るような鋭い視線を真っ向から受け止め、小鈴は告げた。

「――好きなんだ、真藤。……俺も、おまえが」

真藤は息を呑んだ。けれどその顔は、すぐに怒りに染まって。

「そんなこと、軽々しく言うな」

「俺は本気だ」

「嘘をつくなっ」

「嘘じゃない」

小鈴が言い張ると、真藤はクッと喉を鳴らして笑った。

「ああ、そうか。同情か」

「違うっ」

「だったらおまえは、男に抱かれてもいいって言うのか？　それこそ、女みたいに組み敷かれても」

ドキンと心臓が鳴り、躰がかすかに震える。小鈴は深呼吸をして、首を横に振った。

「いや……真藤。おまえ以外の男とは、無理だ」

「何っ…」

「でも、おまえとなら、俺はなんでもできる。おまえが望むなら何をしてもいい。そう思えるほど、俺は真藤のことが好きなんだって、はっきりわかったんだ」

「そんなこと、どうして断言できる!? 俺以外の男とは無理だなんて、なぜ…」

「深森さんに押し倒されたからだよ！」

いくら言っても伝わらないもどかしさに、小鈴はつい声を大にして言った。

そして、険悪な顔をする真藤に、しまったと焦《あせ》る。

「深森に、押し倒されただと!?」

「大丈夫だ、心配するな。もちろん、すぐに突き飛ばした。それに、深森さんはただ俺に教えてくれようとしただけなんだ。『本気で惚れてる相手じゃなければ、おまえが黙って抱かれるはずがない。今みたいに全力で拒絶してる』って言って…」

懸命《けんめい》に釈明《しゃくめい》するが、真藤の耳には半分も届いていないらしい。

小鈴の腕をつかんで、詰め寄ってくる。

「どこまでされた？　深森に、いったい何をされたんだ!?」

「落ち着けって、真藤っ。ただちょっと触られただけだ」

「信じられるか、そんなことっ」

「だったら、信じさせてやる！」

叫んで小鈴は、ソファから腰を浮かせ、真藤の胸元に手を伸ばした。

そして、ネクタイをつかんで力任せに引き寄せると、自分から真藤の唇を塞ぐ。

レンズ越しの瞳が、驚愕に見開かれた。

「……っ！　ん、……よせっ」

強く吸った瞬間、小鈴の両肩が鷲づかみにされ、乱暴に躰を突き放された。

「…気でも触れたか…小鈴っ」

「信じろよっ、真藤。おまえが深森さんに嫉妬するように、俺だって事務所の女の子に嫉妬したんだぞっ」

「小鈴、おまえ…」

畳みかけるように言う小鈴に、真藤は絶句した。

その顔を見つめながら、小鈴はなんとか気持ちを伝えようと、慎重に口を開いた。

「プロファイリングの結果が出た時だった…。俺は、おまえに知らせようと、事務所の前まで行ったんだ。そうしたら、ちょうどおまえが出てきて、俺は声をかけようとした…。でもその途端、続いて出てきた女の子が、おまえの隣に並んだ」

小鈴は、その時の胸の痛みを思い出して、ぐっと手を握りしめた。

「以前は自分がいた場所に、当然のように他人がいる…。それを目《ま》の当たりにした時、俺はおまえの気持ちが痛いほどよくわかったんだ。それがどんなに悔しくて、腹立たしくて、どうしようもなく淋しいものなのか、ってことが」

小鈴の一語一句を、真藤は息をひそめて聞いていた。そして呆然としたように呟く。

「……嘘だ……。俺は、おまえに二度も…あんなひどいことをしたんだぞ…」

「まだ信じられないのか、真藤」

小鈴は真藤の頬にぎこちなく手を添え、その唇にもう一度キスをした。

触れた途端、真藤はビクッと肩を揺らしたが、今度は突き放そうとはしない。

「――好きだ、真藤」

小鈴は唇を離し、言葉を失っている真藤に微笑む。

「覚悟しろよ。おまえが信じられるようになるまで、何度でもしてやるからな。あんまり上手くないかもしれないけど」

照れ隠しにそう言って、小鈴は再び真藤に唇を寄せた。その途端。

「…小鈴っ」

骨が折れるかと思うほどきつく抱き竦《すく》められ、乱暴に唇を塞がれた。

だが、小鈴はそれを待っていたかのように受け入れ、真藤の背中を掻き抱く。

そうして真藤は、ひとしきり小鈴を貪ったあと、顔を覗き込んで訊いてきた。

「……信じていいのか、小鈴。…本当に」

まだ半信半疑の真藤に、小鈴は息を弾ませながら「もっとするか」と笑う。

その時だった。小鈴のズボンのポケットで、携帯が鳴った。

「あ…待て、真藤。緊急連絡かもしれない」

制止する小鈴に真藤は眉間に皺を寄せ、「深森か…」と凄みのある声で尋ねてくる。

そして、答えを待たずに舌打ちをして、つかんでいた小鈴の腕を放す。

小鈴は素早くポケットから携帯を取り出し、耳に当てた。

『今どこだ、小鈴?』

聞こえてきたのは、予想どおり深森の声だった。

「……真藤の家です」

一拍置いて答えて、小鈴はちらりと真藤に目をやり、後ろを向いた。突き刺すような視線が背中に痛い。その気配を微妙に察したのか、深森が即座に謝る。

『そうか、すまん。だが、緊急事態だ。大河原に逃げられた』

「逃げられた？　どういうことですか」

小鈴は思わず携帯を両手でつかんだ。

『大河原とは、九時に奴のマンションで会う約束を取りつけていた。なのに行ってみると部屋は無人で、携帯も繋がらない。管理人に訊いたら、トランクを手に「しばらく留守にする」と言って、車で出て行ったそうだ。行き先も告げずにな」

「そんな…。こっちの動きに気づかれたんでしょうか」

『わからん。電話で話をした時は「わかった」と覚悟を決めたような受け答えをしていたんだが…。俺もそれを信じて、腹を割って話そうと思っていたのに…』

深森の落胆のほどが、通話口からひしひしと伝わってくる。

大河原を疑いつつも、信じたいという深森の思いは、小鈴にも痛いほどよくわかった。今はもう階級や立場が大きく違ってしまっていても、かつては自分とコンビを組んでいた相棒なのだ。

ちらりと目をやると、真藤は、いつの間にかキッチンのカウンターテーブルに移動していた。しかもノートパソコンを開いて、何やらスピーディにキーボードを叩いている。

それを横目に、小鈴は心を鬼にして言った。

「深森さん。こうなったら課長に言って、緊急配備《キンパイ》をかけるしかないんじゃないですか」

『ああ。正直、気は進まないが、それしかないかもな。でも、たぶん課長は渋るぞ。本庁が首を縦に振らないだろうからな』

小鈴は携帯を握り締めた。確かに、今までの本庁のやり方から見て、不祥事を犯した現役警察官…それも警視クラスの人間を、率先して捜索するとは考えにくい。

やはり自力で大河原を見つけ出すしか、手はないのか——

「だったら、警視の携帯のGPSは？」

『駄目だ。電源を切っている』

「じゃあ、車のナンバーは？　津川さんにNシステムで検索をかけてもらったら…」

肩を叩かれ、小鈴はハッとして顔を上げた。

真藤がすぐ側に立っており、パソコンを指さしていた。

「Nシステムにアクセスしてある。あとはおまえの認証番号を入力すれば、使えるはずだ」

「なんだってっ？」

小鈴は思わずパソコンの前に駆け寄った。

画面には確かにNシステムのトップページが表示されており、小鈴は息を吞む。

「真藤っ……まさか、これってハッキング…」

Nシステムは、指定された車両の検索や追跡を行うシステムで、警察のネットワーク下で管理されており、内部の端末からしか操作はできないはずだ。

「急げ。時間がないんだろう。大河原が都内を出たら、追跡は厳しくなるぞ」

促す真藤の顔を、小鈴は呆然と見つめる。

真藤は、小鈴の受け答えを洩れ聞いただけで状況を把握《はあく》し、瞬時に対応したらしい。

それもこんな違法の手段を用《もち》いて。

「…深森さんっ、始末書、覚悟しておいてください」

小鈴が叫ぶと、深森も真藤の声が聞こえていたのか、携帯から威勢のいい声が返った。

『了解だ。背に腹は代えられん。っていうか、真藤の奴、ハッキングなんて粋《いき》なことするじゃねぇか』

小鈴は深呼吸をしてパソコンの前に座り、携帯電話を真藤に手渡した。

「真藤、深森さんから、車種と車両ナンバーを聞いて書き留めてくれ」

「わかった」

「それと…」

背後を振り仰ぐ小鈴に、心得ているとばかりに真藤がうなずく。

「車だろ？　すぐにマセラティを出せるよう準備しておく」

それは打てば響く、現役時代の相棒を彷彿《しんどう》とさせて、小鈴の胸を熱くした。

◆

大河原は成田空港へ向かっていた。

おそらく海外へ高飛びするつもりなのだろう。

小鈴と深森は、二手に分かれて成田へ急行することを決めた。

現在、大河原は首都高湾岸線を、浦安方面に向かって走行している。

小鈴と真藤はそれを追尾《ついび》し、深森は小松川線経由で先回りして、宮野木ジャンクションに入った辺りで挟み打ちにする計画を立てた。

「まずいな…。車が混んできたぞ。小鈴、大河原のシーマは、今どこだ」

ハンドルを握る真藤が、助手席の小鈴に訊く。小鈴は膝の上に乗せたパソコンを操作して「習志野《ならしの》インターを通過した所だ」と答えた。

すると、真藤はウインカーを出してアクセルを踏み、追い越し車線に車を移動させた。

「無茶するなよ、真藤」

「今さらだろ。無茶ならもういいだけしている」

それがハッキングのことを指しているのだということは、小鈴にもわかった。

「おまえ…いつの間に、こんな違法なテクニックを身につけたんだ？」

尋ねる小鈴に、真藤が苦笑する。

「言っただろう。俺は金になるなら、なんでもする弁護士だって」

「真藤、おまえ…」

「心配するな。俺だって自分の身は可愛いからな。そうそう危ない橋は渡らないさ。でも、小鈴…」

そこまで言って真藤はハンドルを握ったまま、ちらりと視線を横に流した。

「さっきのおまえの言葉が本当なら、俺は、おまえのためにどんなことでもするぞ」

艶を含んだ真藤の声音に、カァッと頬が熱くなる。

「な…何言ってるんだ、こんな時にっ」

「こんな時だから、言うんだ。小鈴……俺は信じていいんだな？　おまえも、俺を好きだと言ってくれた言葉を」

改めて問われると、羞恥が募り返答に困るが、小鈴はそれを堪えてうなずいた。

「ああ。信じていい。いや…信じてくれなければ、困る」

きっぱり言い切ると、真藤がフッ…と嬉しそうに笑った。

それは、見たいと願っていた真藤の笑顔で、小鈴もまた満たされた気持ちになる。

自分の本心を伝えるには勇気がいる。

でも、そうすることで真藤がこんなふうに隣で笑ってくれるなら、これからいくらでも言葉にして伝えようと、小鈴は決心した。

手許《てもと》で携帯が鳴った。発信者は深森だ。

小鈴が素早く携帯を耳に当てると、受話口から深森の緊迫《きんぱく》した声が聞こえてきた。

『たった今、津川さんから連絡が入った。林田の携帯の画像データの中に、大河原の写真が見つかった』

「えっ…でも、俺たちが調べた時には、そんな写真はなかったはずじゃ…」

小鈴の脳裏に、人物や性別を特定できない、妖《あや》しい風貌をした男女の写真が思い浮かんだ。林田は職業柄、その手のバーにも頻繁に出入りしていたことがわかっている。

『津川さんが骨格照合システムを使って、調べてくれたんだ』

「骨格照合って……いったいそれって、どんな画像だったんですか」

尋ねる小鈴に、深森は一瞬沈黙した。

骨格照合システムとは、顔写真からその人物の頭蓋骨《ずがいこつ》の形を読み取り、データを照合して、特定人物を探すシステムのことだ。表面上、どんなに変装していても、骨格自体は変えようがないので、パスポート偽造《ぎぞう》の捜査などに使われることが多い。

『――女の格好をしていたらしい…大河原は』

「女の格好!?」

声を大にする小鈴の横で、真藤も絶句している。

「じゃあ、まさか警視は、それをネタに林田に脅迫されて…?」

『たぶんな…。でも、奴がなぜそんな真似をしていたのか…強請《ゆす》られるままに犯罪を重ねてしまったのか……俺にはわからない』

苦渋を噛み締めるように深森が言う。

『でも、これで林田殺しの動機も物証も揃った。もうキンパイをかけるしかないだろう』

「キンパイって…深森さん…。わかりまし…うわああっ!」

沈痛《ちんつう》な面持ちでうなずきかけた小鈴が、思わず叫ぶ。

グンッと車が急加速をしたせいで、躰が助手席のシートに押しつけられたからだ。

「危ないじゃないか、真藤っ」

「キンパイより、こっちのほうが早い」

「えっ、何っ…」

「深森に伝えろ。大河原は、俺たちの手で逮捕すると」

高速道を走る車のテールランプが赤々と光り輝く中、真藤はさらにスピードを上げる。

そして前方の車を右へ左へかわしつつ、次々追い越しをかけ始めた。

「真藤、おまえ何を考えてるんだっ」

躰を左右に振られながら携帯を握りしめ、パソコンを押さえる小鈴の耳に、深森の声が聞こえる。深森にも、真藤の言葉は届いていたようだ。

『できるなら俺もそうしたいが、こっちは今、渋滞中だ。先回りはできそうにないぞ』

「真藤、深森さんは渋滞で先回りできないそうだ」

「そうか。だったらシーマとは、一騎打ちになるな」

真藤が言う間にも、マセラティは加速する。時速は百五十キロオーバーだ。

当然、いくらも経たないうちに、後方からサイレンが聞こえてきた。

それを聞きつけて、真藤が意味深に笑う。

「小鈴、上手くやれってくれよ」

その笑みに、小鈴はハッと息を呑み、真藤の意図《いと》を悟った。

——真藤……おまえまさか、パトカーを利用する気か？

赤色灯も眩しいパトカーがグングン近づいてきて、お決まりの「前の車、止まりなさい」という警告が聞こえた。真藤はすみやかに減速し、路肩に車を停める。後ろにピタリと追尾してきたパトカーも停車し、中から制服警察官が降りてきて近づいてきた。

それを認めて、小鈴はウィンドーを下ろし、素早く警察手帳を提示する。

「――警視庁からの緊急要請で、内密に容疑者を追っている。パトライトはあるか？」

質問される前に毅然として言うと、警察官は途端に表情を引き締め、「はっ。お待ち下さい」と飛ぶようにパトカーへ戻って行った。そして、すぐさま取って返してくる。

「これで、よろしいですか」

「ああ。助かった。すまない」

小鈴は赤いパトライトを受け取り、すぐに真藤に手渡した。

「あの、走行車両の追跡でしたら、我々が先導しますが」

「いや、きみたちは我々のあとからついてこい。サイレンは鳴らさずにな。いいか。これは極秘の捜査だ」

命令口調の小鈴に、警察官は再び「はっ。わかりましたっ」と最敬礼をする。

小鈴の膝の上のパソコンが、Ｎシステムを表示しているのを認めて納得したようだ。

「真藤。車を出せ」

「了解」

真藤は小鈴の対処に満足そうにうなずくと、屋根につけたパトライトを点灯させ、車を発進した。そしてアクセルをいっぱいに踏み込みながら、小鈴に訊く。

「大河原の現在位置は？」

「宮野木ジャンクションを通過。現在、千葉北インターへ向かっている」

「シーマの速度は？」

「百二十キロ」

「よし。一気に詰めるぞ」

「わかった。深森さん、聞こえましたか？」

回線を繋げたままの携帯に問いかけると、深森が絞り出すような声で言った。

『小鈴、真藤。すまないが、頼む。なんとしても、奴を止めてやってくれ』

「わかりました！」

緊急配備を敷けば、パトカー一台どころではない。

近隣の捜査車両は、全車を挙げて大河原の車を追跡するだろう。

そして、それに気づけば、大河原は必死で逃げようとするに違いない。

大量のパトカーに追い詰められ、追い込まれ、最後には警察官たちにもみくちゃにされて逮捕される、惨《みじ》めな姿が目に浮かぶようだ。

だからこそ、真藤は「俺たちで逮捕する」と言ったのだ。それは、元相棒を説得して出頭させたいと願っていた深森の気持ちを汲み取った、真藤なりの温情に違いない。

――ありがとう、真藤…。

小鈴は心の中で感謝しながら、Nシステムを確認して言った。

「じきに宮野木だぞ。現在、シーマは千葉北を通過」

「了解」

ジャンクションが近づくと、車の流れが急に悪くなったが、真藤はそれをものともせず、走行車線と追い越し車線を縫《ぬ》うようにしてマセラティを走らせる。

後方のパトカーもついてくるのが精一杯のスピードだ。

真藤のドライブテクニックは、警察を辞めて三年経った今でも健在だった。

それはクールな風貌からは想像できない、大胆で強引な運転だ。

――真藤…。昔は何度もこうして犯人を追いかけたり、現場にも急行したよな…。

コンビを組んでいたかつての自分たちの姿を思い出して、小鈴の胸が懐かしさと切なさでいっぱいになる。

そして、今はもう相棒として隣にいることはできない真藤の横顔を見つめる。

でも、自分たちはまだ終わったわけじゃない。

これからはまた二人で、新たな関係を築いていける――――それが小鈴には嬉しかった。

「シーマまで、あと一キロ切った。そろそろ前方に見えてくるぞ」

「了解。……シーマのテールランプを確認した」

真藤はそう言うと、百七十キロ近くまでスピードを上げた。

すると前方に見えていた白いシーマが、グンと加速するのがわかった。

「気づいたな。回り込むぞ」

躰に負荷《ふか》がかかり、前方の視界が急激に狭《せば》まっていく感覚に、小鈴は顔をしかめた。

「回り込む…って、この状態でどうやって?」

シーマは走行車線ではなく、追い越し車線を走行している。

その前に出ようとするのは、至難の業《わざ》…というよりも、無謀に近い。

「いくらおまえでも、無理なんじゃないのかっ」

だが、小鈴が懸念《けねん》する側から、真藤はさらにスピードアップする。

「この辺りは比較的交通量が少ない。次のインターまでも距離がある。仕掛けるならここだ」

周囲の車は、シーマとマセラティ、そしてパトカーの暴走に巻き込まれるのを避けて、皆じわじわと後方へ退いていく。そのせいで、走行車線に空間ができた。

「つかまってろっ、小鈴」

言うが早いか、真藤はその隙間に車を滑り込ませると、フルスピードで走り抜けた。

だが、シーマはさらに速度を上げて、それを阻止する。

「振り切るつもりか」

真藤は舌打ちをして、後方へ退いた。そして再び隙を窺い、追い越しを仕掛ける。

二台の車は、カーチェイスさながら、抜きつ抜かれつを繰り返した。

「インターまで、あと二キロだ」

小鈴が叫んだ途端、真藤はシーマの横に滑り込み、一気にその前方へ躍り出た。

「よしっ」

速度違反の暴走車の摘発は、この状態で少しずつスピードダウンをして、停車せざるを得なくするのが常套《じょうとう》手段だ。この時点で、暴走車のほとんどは戦意を喪失する。

だから当然、大河原も減速して、投降するものと思っていた。

だが。

キィィ――――ッと、突然後方で、タイヤが激しく軋む音がした。

同時にバックミラーに映っていたシーマの車体が急激に遠のき、コマのように回転するのが見えた。そして、中央分離帯に激突する。

「どうしてっ…!?」

小鈴が後ろを振り返り、真藤がフルブレーキを踏む。

タイヤが鋭い悲鳴を上げて、マセラティは急停車した。

小鈴は急いで車から降り立ち、後方へ猛ダッシュした。

パトカーのサイレンが聞こえる。事故を認めて、対応にあたるつもりなのだろう。

分離帯に激突したシーマは、オレンジ色の外灯の下、無残にも潰れたボンネットを晒して白煙を上げている。

「大河原警視！」

叫んで小鈴は運転席に駆け寄り、中を覗き込んだ。大河原は額から血を流し、ぐったりしていた。その瞳が小鈴を認める。

大河原は「きみか…」と薄く笑って、そのまま目を閉じた。

「警視っ、しっかりして下さい！」

小鈴は運転席のドアを引っ張った。だが、歪んでいるせいで容易には開かない。

それを助けるように、背後から手が重なった。

「真藤っ」

「急げ。引火するぞっ」

二人は力任せにドアを引き開けた。そして、隙間から大河原を引きずり出す。

だが、七、八メートルも行かない辺りで、シーマからドンッと火柱が上がった。

「危ない！」

とっさに小鈴は、大河原を引きずる真藤を庇うように覆い被さった。

襲う衝撃波に躰が浮き、バラバラッと車の破片が、小鈴の背中や周囲に降り注ぐ。

「小鈴っ、大丈夫か、おまえっ…」

真藤が顔色を変えて背後を振り返る。その顔に、小鈴は当然のように答えた。

「バカ野郎。見くびるなよ。警察官が一般人を守れなくてどうする。それでなくてもおまえには、三年前の大きな借りがあるからな。これぐらいさせろ」

「小鈴…」

真藤は、刑事の顔をして言う小鈴を、眩しそうに見つめた。

後続のパトカーから「大丈夫ですかっ？」と、警察官が血相を変えて走ってきた。

小鈴は素早く躰を起こして、叫んだ。

「救急車を頼むっ。俺たちは大丈夫だが、容疑者が怪我をしてる」

「手配しましたっ。すぐに来ます」

小鈴は真藤と一緒に大河原を路上に寝かせると、衣服を緩めた。額の傷以外に外傷は見当たらないが、おそらく全身を強く打っていることは間違いない。

呼びかけると、目を閉じたまま返答するので、意識はしっかりしているようだ。

それを認めて、警察官は「手錠は？」と小鈴に尋ねる。

小鈴はゆっくりと首を振った。

「いや、必要はない」

その途端、大河原の口から掠れ声が洩れた。

「……かけてくれ……手錠を」

大河原は目を開けると、自分から腕を差し出そうとして、顔をしかめた。

おそらく怪我をした所が痛むのだろう。

「警視、動かないで下さい。その必要はありません」

小鈴が制止する背後で「大河原っ」と叫ぶ声が聞こえた。

「深森さん？」

振り返る小鈴の目に、駆け寄ってくる深森の姿が映る。

「どうして、こんなっ……なんでこんなことをしたんだ!?」

深森は横たわる大河原の前に膝をつき、尋ねた。

だが、大河原はそれには答えず、再び痛みに顔を歪ませながら、手を挙げる。

「深森……かけてくれ、手錠を。おまえの手で……終わらせてくれ」

その言葉に、深森は息を呑み、しばし瞠目した。

そして無言のまま腰のポケットから手錠を取り出すと、大河原の手をつかむ。

大破したシーマが炎上する中、黒光りする手錠が、カシャン…と音を立てた。

大河原は深く息をついた。

「すまなかったな……深森。でも、これで…ようやく終わった」

それは、心の底から安堵するような声音だった。

その手を、深森がきつく握りしめる。

「バカ野郎…っ。こんな手間…かけさせやがって…」

低く唸《うな》るように言う深森の肩が、小刻みに震える。

遠く救急車のサイレンが近づいてくる中、その姿を小鈴と真藤は並んで見つめていた。

かつてはコンビだった、二人の男の姿を。

◆

病院に収容された大河原は、即日懲戒解雇になった。

そして一連の事件は、元警視の不祥事として公表された。

だが公表されたのは、大河原が三年前、押収品の拳銃を不法に入手した件と、その拳銃で林田を殺害したということだけで、覚醒剤横流しの件は明らかにされなかった。

それでも、荒城の冤罪は避けられたのだし、大河原が自分では終わらせることのできなかった『犯罪の連鎖』も断ち切ることができたのは、救いだったといえる。

大河原は、深森から「話がある」と電話がかかってきた時、とうとう彼らが真相を突き止めたのだと悟り、覚悟を決めたのだという。

今まで自分がしてきたことのすべてを明らかにして、裁きを受けようと。

だから大河原は出頭ではなく、わざと派手な逃走劇を演じたのだ。

そうして大河原が現行犯逮捕されたら、警察の上層部は今度こそ事件を揉み消すことができなくなる…公表せざるを得なくなると踏んで。

大河原は『ノンキャリの希望の星』とまで言われたほど優秀な男だった。

だが、キャリアだらけの警視庁の中では、所詮、下層階級の人間だった。

要するに、どんなに優秀でも努力を積み重ねても、ノンキャリはどこまで行ってもノンキャリで、けしてキャリアを凌《しの》ぐことはできない――それを毎日のように思い知らされるストレスが、大河原を少しずつおかしくしていったらしい。

三年前の密輸事件解決時に、出来心で窃取したマカロフ。

大河原はその拳銃で、壁に貼った上司や同僚の写真を、空撃ちして鬱憤を晴らしていたのだという。

当時、大きな成果を挙げたこの事件は、警察も大々的に公表して世間の注目を集めた。だからこそ、その直後に押収品の拳銃が一丁行方不明になったと知れたら、大変なバッシングを受けたに違いない。

結局、この件は上層部の判断で、不問に付されたのだった。

その後、大河原は組対五課から捜査一課に移動になり、ストレスはさらに増大した。

「自分が倒錯嗜好《とうさくしこう》に傾いていったのは、その頃からでした。女の格好をして夜の街をさまようことで、自分はかつてなく解き放たれた気持ちになれた…。あげく、男に女として扱われる快感に目覚めてしまうと、もう歯止めがきかなかった…」

取り調べで大河原は、すべてを包み隠さず、赤裸々に語った。

彼の自宅からは、女性の衣服や化粧品などが詰められたトランクが見つかった。

林田とは、その手の人間が集まるバーで遭遇し、写真を盗み撮りされたのだという。

「林田は自分を逆恨みしていたようです。写真を突きつけられて『表沙汰にされたくなかったら、金を出せ』と脅されて…。自分には、選択の余地はありませんでした」

林田は大河原からあるだけ金を巻き上げると、今度は覚醒剤の横流しを強要した。

そしてそれが可能だと知るや味を占めて、どんどん量を増やしてきた。

しかも大河原が、もう無理だと断ると、今度は新たな脅迫ネタを突きつけてきた。

『女装したエリート警視さんが、男に喘がされているビデオを、警視庁の連中が見たら、どうなるかなぁ』

林田は、大河原が関係を持っていた人間に、動画まで撮影させていたらしい。

「殺意を抱いたのは、その時でした」

大河原は拳銃を持ち出した。

長年、空撃ちしかしてこなかった――マカロフを。

「林田に向かって発砲した瞬間、胸がスーッとしました。警察官として、あるまじき行為をしたとは、微塵《みじん》も感じなかった…」

しかも幸運なことに、容疑者として逮捕されたのは自分ではなく、別人だった。

だが、じきに思いもよらない形で、押収品である覚醒剤の流出が発覚した。

薬物プロファイリングだ。

「正直、もう駄目だと覚悟しました。なのに、なんの因果か、自分が犯した罪を自分の手で隠蔽するチャンスが巡ってきて…」

押収品の流出という不祥事が発覚することを怖れた上層部は、偶然にも大河原を新宿中央署へ送り込んだのだ。

「愚かでした。上の人間は腐っていても、現場の警察官たちは真摯に仕事に向き合っている。彼らの目は、けして欺《あざむ》けないのだということを、自分は忘れていたんです。そのせいで、さらに罪を重ねてしまった…。本当に申し訳ありませんでした。すべては自分自身の弱さが招いた結果です」

大河原は容疑を全面的に認め、今は静かに起訴を待っているらしい。

殺人、窃盗、銃刀法違反、証拠品捏造…そのほかにも、犯した罪は多く、それに見合う刑罰は、けして軽いものではないだろう。

だが、大河原の顔は、まるで憑《つ》きものが落ちたように穏やかだったという。

◆

「あー、終わった終わった。小鈴、打ち上げだ。飲みに行くぞ～」

刑事課の廊下で小鈴の背中を叩く深森は、先日、大河原が送検された際、男泣きした人物とは思えないほど明るい。

「元気ですね…深森さん」

小鈴は疲れた顔を隠しもせず言った。

警視庁を震撼《しんかん》させた事件から一週間。

小鈴は深森とともに課長に大目玉を食らい、山のように始末書を書かされた。

二人で勝手に秘密の捜査を続け、警視庁の鑑識まで巻き込み、あげくの果てに一般人に容疑者追跡の手伝いまでさせたのだ。本来なら、降格減棒処分ものだろう。

なんとか厳重注意ですんだのは、奇跡に近い。

「どうせなら俺、酒よりも、このまま帰ってゆっくり寝たいって感じです」

「なんだなんだ、いい若いもんが。枯《か》れてるなぁ」

小鈴と深森は会話を交わしながら、署から外に出た。

事後処理も一段落ついて、まだ空が明るいうちに上がれるのは久々だ。

だから本当は、真藤に連絡をして声を聞くか、会って顔が見たい。

真藤もあれから被疑者の荒城が無事に不起訴処分になり、その手続きも重なって、多忙を極めていると、一度メールがあっただけだ。殺人容疑は晴れても、覚醒剤所持及び譲渡容疑での裁判が目前に控えているので、相当大変なのだろう。

「まぁ、俺も深酒《ふかざけ》をする元気はないが、ちょっとは傷心の相棒を慰《なぐさ》めてくれてもいいんじゃねーのか」

それに、深森の心情を思えば、あまり無下にもできない。今でも深森に「終わらせてくれ」と懇願する大河原の姿を思い出すと、小鈴も胸が痛む。

「…わかりました。居酒屋でビール一杯ぐらいなら、付き合いますよ」

「お。そうか。やっぱ小鈴は、話がわかるなぁ」

深森が嬉しそうに小鈴の肩に手を置いた途端。

「――あいにくですが、今夜は遠慮願います」

その手が、鷲づかみにされて引き剥がされ、背中に低い声が響いた。

「真藤っ？」

振り返ると、そこにはいつものように隙なくスリーピースに身を固めた男が立っていた。

小鈴の顔がパッと明るくなる。

「どうしたんだ、おまえ。忙しいんじゃなかったのか」

「やっと一段落ついたんだ。また来週から忙しくなるけどな」

真藤はつかんでいた深森の手を放すと、二人の間に割って入った。

「だったら、メールしておいてくれよ。びっくりするだろ」

「さっき送信したが、返信がなかったから、直接来てみたんだ」

小鈴は「えっ？」と慌ててスーツのポケットから携帯を取り出した。

「あ…。ごめん。うっかりしてた。マナーモードになったまんまだったぜ」

そう言って笑う小鈴に、真藤も「そんなことだろうと思った」と嘆息して微笑む。

以前は、会えばピリピリしていた二人の和《なご》やかな雰囲気に、深森は一瞬あっけに取られ、そして苦笑する。

「なんだなんだぁ。おまえたち、いつの間に、そんないい感じに出来上がったんだ？」

「深森さん、別に俺たちは…」

揶揄されて思わず赤くなる小鈴の横で、真藤がとんでもないことを言う。

「出来上がるのはこれからです。なので、邪魔はしないで下さい。それに、今後、小鈴に妙な真似をしたら、ただでは置きませんので」

「しっ…真藤、おまえ突然、何を言い出すんだっ」

「この人には、これぐらい言っておかないと、安心できない」

　本気で深森をにらみつける真藤に、小鈴は大いに慌てる。大河原の事件で、すっかり失念していたが、真藤は小鈴が深森に押し倒されたことを、根に持っているのだ。

「まぁまぁ、そんなにとんがるなって、真藤」

　だが、深森は一向に気にしないようで、笑いながら悠長な提案を口にする。

「だったらどうだ？　そんなに心配なら、これから三人で飲みに行かないか」

「えっ…三人で？」

「今回、俺も真藤にはいろいろ世話になったしな。その礼もしたいし」

「それには及びません。俺は、小鈴のために動いただけですから」

　ぴしゃりと撥《は》ねつけるように言う真藤に、深森の目がキラリと光る。

「おー。言うねぇ。いいなぁ、その表向きクールで、中はメラメラ燃えてる感じ」

　その途端、小鈴は思い出す。

　深森の好みのタイプが、エリートでクールな眼鏡男だったのだということを。

「だっ…駄目です！　一緒には飲みに行けません」

　叫ぶ小鈴の声が裏返った。

言うが早いか、小鈴は真藤の腕をむんずとつかんで、そのまま深森から離れていく。

「じゃ、深森さん、すみませんが、また今度。失礼しますっ。行くぞ、真藤」

「なんだ、小鈴。どうしたんだ、急に？　おいっ…」

怪訝な顔をする真藤をグイグイ引っ張っていく小鈴の背後で、ややあって深森の爆笑が聞こえた。


なんとか深森から逃れて二人になれたというのに、なぜだか真藤は急に不機嫌になった。それも車中、一言も口を聞かず、食事もせずに、まっすぐマンションへ小鈴を連れてきたのである。

「……何がそんなに気に食わねーんだよ。……なんとか言えよ、真藤」

小鈴が耐えかねて訊いたのは、マンションのエレベーターに乗った時だった。

多忙を極めたこの一週間、真藤に会える日を心待ちにしていたというのに、なぜこんなに険悪な時間を過ごさねばならないのだろうと、思ったのだ。

それに真藤も小鈴に早く会いたいから、署まで出向いてきたはずだ。

その気持ちが伝わったのか、真藤は咳払いを一つすると、押し殺した声で言った。

「だったら訊くが、さっきの『一緒には飲みに行けません』ってのは、なんだ？　おまえは深森とは二人で飲みに行くくせに、どうして俺と三人では行けないんだ」

「えっ…三人でって……まさかおまえ、深森さんと一緒に飲みに行きたかったのか？」

驚いて尋ねる小鈴の前で、エレベーターのドアが開いた。

真藤は「そうじゃない」とあきれたようにため息をつくと、小鈴を置いて先に廊下へ降り立ってしまう。

「あ…待てよ、真藤」

呼び止める小鈴を無視して、真藤は自室の入口までつかつかと歩み寄り、鍵を開けた。

そして、そのままドアを開けて部屋の中に入る。

もちろん、小鈴もそのあとに続き……ドンッといきなり躰をドアに押しつけられた。

「真藤っ…何…う、んんっ」

噛みつくように唇を塞がれた。

それは予期せぬ激しいキスで、小鈴は満足に息もできない。

強く吸われ、目眩《めまい》を感じたところで歯列を割られて、舌を搦《から》め捕られる。

そのまま敏感な上顎の裏を舌先で舐められると、背筋がゾクッと震えた。

「…ふ…ぅ、…し…んど、ぅん、っ…」

息が弾み、顔が上気して、全身から力が抜けていく。

真藤には、以前にもこんなふうに乱暴に口づけられて、抗《あらが》ったことが何度かある。

でも、その時とは違い、今の小鈴は瞬く間にキスに酔わされてしまい、真藤のスーツを握り締めて立っているのが精一杯だ。

「……小鈴…。おまえ、本当に俺のことが好きなんだよな」

その躰を支えながら、真藤が唇を離して訊く。

小鈴は、はぁはぁと荒く息をついて、真藤をにらみ上げた。

「…バカ野郎…何度も同じこと…言わせるな。好きじゃなけりゃ、こんなこと…するか」

「だったら、もう少し惚れてる男の気持ちってものをわかれよ」

「惚れてる……男?」

その言葉に、上気している小鈴の顔が、さらに赤味を増した。

——そうか…。真藤は、俺に惚れてるんだよな。それに、俺も真藤を…。

改めてそう考えた途端、小鈴の心臓がドキンと高鳴った。

「…小鈴」

「な…なんだ?」

間近で名前を呼ばれ、顔を覗き込まれて、小鈴の鼓動はさらに跳ね上がる。

だが真藤は、うろたえて目を逸らそうとする小鈴の顎を持ち上げて、それを許さない。

「俺が気に食わないのはな、おまえが警戒しなさすぎるからだ」

「警戒…しなさすぎる？」

「あいつに襲われかけたくせに、誘われると簡単について行こうとしただろう。いくらなんでも無防備すぎるぞ。あいつには絶対、隙を見せるな」

怒ったように言う真藤に、小鈴は目を見張り、苦笑する。

「なんだ。そういうことか。だったら大丈夫だよ、深森さんは」

そう言って小鈴は、クールな風貌に似合わない嫉妬をする男の顔を見上げる。

「さっきだって、単に同僚として俺を誘っただけだし。今回の事件では、いろいろあったから、話がしたかっただけだよ」

「なぜ、そう言い切れる。そんなにあいつを信頼してるのか。だから『また今度』だなんて言って、早々に切り上げたのか。あとで俺抜きで、二人で飲みに行くつもりで」

「バカ、そんなんじゃない。深森さんはな…」

俺じゃなくて、おまえを狙ってるんだ。隙を見せたらいけないのは、おまえのほうなんだぞ――そう言いかけて、小鈴は口を噤む。

――あ…。これって、もしかして俺も、嫉妬してるってことか？

ここにきて、小鈴はようやく『惚れてる男の気持ち』を理解した。

「あのな……真藤」

小鈴は咳払いをして、自分の気持ちをストレートに口にした。

もしも正直に言ったら言ったで、また話がこじれそうな気がしたせいもある。

「——俺は三人で飲みに行くよりも、早くおまえと二人きりになりたかったんだよ」

「小鈴…おまえ…」

大きく目を見開き、絶句する真藤に、頬が熱くなる。

少し率直《そっちょく》に言いすぎたかな…と恥ずかしくなり、小鈴は呆然としている真藤を押しのけると、靴を脱いで廊下に足を進めた。

「それでなくてもこの一週間、忙しくて連絡もままならなかったのに、みんなで飲みになんて行ってたら、その分、おまえと会う時間が減るじゃないか。だから俺は……えっ!?」

突然、ギュッと背後から抱き竦められた。そしてそのまま、まっすぐ真藤の寝室へ引っ張り込まれ、いきなりベッドの上に押し倒される。

「ちょ…放せっ。…待てって、真藤っ」

手慣れた所作《しょさ》で首元からネクタイを引き抜く真藤の手を、小鈴がつかむ。

だが、小鈴の上に馬乗りになった真藤は、動きを止めない。

「──待てない。もうこれ以上は」

情欲を隠しもしない目で小鈴を見下ろしながら、真藤はスーツの上着をバサリと脱ぎ捨て、ネクタイも毟《むし》り取るように引き抜いた。

その扇情《せんじょう》的な仕草に、小鈴はゴクッと喉を鳴らし、顔を横に背けた。

「そ…そんなにがっつくなよ。別に、逃げやしないから」

そう言う小鈴の横顔を、真藤が食い入るように見つめる。頬だけでなく、柔らかそうな耳朶や首筋をうっすら羞恥に染めて、無防備に晒す小鈴の姿を。

「……そうやって、いちいち煽ってるのは、誰だ」

「何…あっ…」

首筋に食らいつくようにキスされて、小鈴は首を竦める。

ざわっと肌が粟立った。その隙に、真藤は手早く小鈴のワイシャツのボタンを外すと、あらわにした胸に触れてくる。そして小鈴の耳元に口を寄せて。

「小鈴…。おまえには、出会ってすぐに惹かれた。俺とは違う、なんにでもまっすぐなおまえに。それがいつの間にか、恋愛感情に変わっていたことに気づいて、俺は愕然とした。もしも俺が、おまえを抱きたいと思っていることが知れたら、嫌悪されて拒絶される…。それが恐かった。だから、こんな日が来るなんて、夢にも思わなかった」

「真藤…」

長年秘めてきた真藤の想いに、小鈴の胸が甘く締めつけられる。

その上、真藤は首筋から鎖骨《さこつ》にかけてキスをしながら、なおも感慨深げに言う。

「今まで、ひどいことばかりしてきたからな。今度こそ、優しくしたい」

「なっ…あっ…よせっ」

左の乳首を指先で摘まれて、ビクンと腰が撥ねた。

次いで真藤は、固くなってきたそれを指でこね回しながら、右の乳首に口づけてくる。

きつく吸われ、やんわりと甘咬みされて、今まで感じたことのない疼痛が、小鈴の背筋を駆け抜けた。

「よせ…って、真藤…っ、俺は女じゃ…ねーぞ」

小鈴も、真藤と抱き合うことになると覚悟はしていたが、こんなに性急にことを進められると、どうしていいのかわからない。

つい、以前のように真藤の躰を押して、抗おうとしてしまう。

「……わかってる。でも、そのわりに、ここがいいみたいじゃないか」

顔を上げて薄く笑い、真藤は唾液にまみれた小鈴の乳首を、満足そうに見つめる。

「こんなに赤く腫《は》れて、尖ってる」

「そんなこと、いちいち言…くっ、んんっ」

先端を爪で弾《はじ》かれる刺激に、ズキンと下腹が熱く疼き、小鈴は思わず腰を捩った。

そのせいで、反応してきたそこを真藤に擦りつけてしまう。

「ああ。それにここも……尖ってきたみたいだな」

あげく、衣服越しに重なり合う下肢を押しつけられて、小鈴はそこに自分以上に硬く、くっきりとした隆起を感じ取り、赤面した。

「あっ…バカ、…そんなふうに…動くな…っ」

けれど、真藤は耳を貸さず、なおもそこを密着させ、淫らに腰をくねらせてくる。

そのたびにもどかしいほどの快感が込み上げ、互いの分身が擦れて、硬度や質量が増すのがわかった。

「も…、やめろ…よ、そんな…、触り方…」

上擦る声で訴えると、真藤が身体を起こして、フッ…と笑った。

「わかった。もっとちゃんと、触って欲しいんだな」

「えっ…何、はああっ」

真藤の手が、小鈴の股間をやんわりと揉み込んだ。

それだけで、全身が燃え立つように熱くなり、欲望がズキズキと脈打った。

あげく真藤は小鈴がうろたえているうちに、ベルトやズボンを緩めてしまう。そして下着ごと一気にずり下げると、局部を暴《あば》いた。

「――やっぱり、もう濡れてる」

露骨に指摘される恥辱に、目眩《めまい》がした。

小鈴の分身はすでに完勃ちになっており、先走りまで滲ませている。なんとかしてそれを隠そうと手を伸ばすが、真藤にあっさり阻止された。しかも、真藤は眼鏡を外すと、熱を帯びた眼差しで小鈴のそこを見つめながら、顔を寄せてくる。

「あっ、真藤っ…やめっ…ん、ああっ」

鈴口から溢れて幹に滴る雫を、舌で舐め上げられ、ぬるりと口に含まれた。痺れるような快感が、背筋から足先まで走り抜ける。

その上、舌を絡めて立て続けに吸い上げられては敵《かな》わない。たちまち下半身が甘く蕩《と》け落ちてしまいそうになり、小鈴は真藤の髪を握り締めて躰を震わせた。

「駄目…だ、出る…、くっ…あああっ」

突き上げてくる絶頂感に、腰が浮き上がり、頭の中が真っ白になる。

小鈴は吐精の衝撃に痙攣しながら息を乱し、愉悦に潤む目を見開いた。

すると、顔を上げた真藤が、ゴクッ…と喉を上下させるのが見えた。

「……気持ちよかったか、小鈴」

濡れた唇を指で拭い、舌をひらめかせて白濁を舐め取る真藤に、小鈴はブルッと震えた。常日頃の冷ややかで禁欲的な姿からは、想像もできない淫らな仕草だった。

「き…訊くなよ……そんなこと」

「そうか。よかったのか。だったら、もっとよくしてやる」

満足そうに言いながら、真藤は小鈴の下衣を引き抜くと、ワイシャツ一枚だけの扇情的な姿に目を細めて、その足を割り開こうとする。

「ちょっと待てよ、真藤」

それを押し留めて、小鈴は片肘をつき、ベッドの上に起き上がった。

「俺ばっかり、よくされるのは性《しょう》に合わない。俺にもさせろ」

言って小鈴は正座して、唖然《あぜん》としている真藤のベルトに手を伸ばした。

「おい、小鈴。本気か」

制止するように腕をつかむ真藤に、羞恥が募《つの》る。だが、小鈴はきっぱりうなずいた。

「ああ。俺だって、おまえを気持ちよくしてやりたい。……駄目か？」

それは小鈴の男としての矜持《きょうじ》で、真藤の気持ちを躰ごと受け入れる覚悟ができた時から、考えていたことだった。

その本気が伝わったのだろう。真藤はつかんでいた手を放して、フッと微笑んだ。

「駄目なわけがあるか」

言って真藤は自分からベルトのバックルを外し、膝を立てて足を開いた。

そこに躰を屈めて、小鈴は真藤のズボンの前を緩める。

黒い下着から透けて見える隆起にザワッと肌が粟立ったが、思い切ってそれを下げた。

「すご…」

思わず感嘆の声が洩れる。

黒い茂みの中、弾け出る真藤の欲望はすでに勃起しており、小鈴はその大きさとずしりとした重量感に目を見張った。さすがに躊躇《ちゅうちょ》せずにはいられない。

「大丈夫か、小鈴。無理しなくてもいいからな」

でも、そんなことを言われたら、逆にしたくなるのが小鈴の性分だ。

「大丈夫だ」

思い切るように言って、小鈴は目の前の怒張に手を伸ばす。

触れた途端、ピクッと震えたそれに息を呑んだが、小鈴はもうためらわなかった。

根元を手で握って固定し、ゆっくりと顔を近づけていく。突き出した舌先で先端を舐めて口づけると、それはしっとりと熱く小鈴の唇に密着した。

「…あ。でも…」

小鈴が突然、顔を上げた。

「言っとくけど、俺は男とこういうことをするのは初めてだからな。おまえみたいに上手《うま》くできないかもしれない」

真藤の欲望を握りながら、律義《りちぎ》に前置きする小鈴に、真藤がおかしそうに笑う。

「わかってる。おまえが咥え慣れてたら、それこそ驚きだ」

友情を越えて、恋人として一歩踏み出したばかりの小鈴らしい言動に、真藤は愛しげに頭を撫でる。

その感触に勇気づけられて、小鈴は眼前の屹立《きつりつ》を口に含んだ。

「…ん……っ、ふ…ん…ん…っ」

半分ほど頬張り、ゆっくりと舌を這わせる。不思議と抵抗感はなかった。

逆に、真藤がしたように幹を唇で扱いたり、吸ったりするたびに、口の中の怒張がドクドクと熱く膨れ上がっていく感触に、喜びを感じた。

「…小鈴…」

吐息交じりの掠れ声に、真藤が感じていることを知って、小鈴はさらに嬉しくなる。

「俺は、おまえが俺を受け入れてくれただけで、充分なんだ」

感嘆するように言う真藤を、小鈴は上目遣いに見つめた。

すると、真藤は情欲に揺れる眼差しを細めて、小鈴を見下ろしてくる。

「なのに、こんなことまでしてくれるなんて…」

髪を指で梳《す》かれ、耳の後ろを撫でられて、躰の芯がジン…と甘く痺れた。

――真藤……おまえ…。

小鈴の胸に、真藤の想いにもっと応えてやりたい…もっともっと幸せを感じさせてやりたいという欲求が込み上げてくる。

「ん…っ…く……ん…っ…」

小鈴は拙《つたな》いながらも、懸命に奉仕を繰り返した。

時おり「ん…っ」と洩れ聞こえる低い呻きに窺い見ると、真藤は目を閉じて眉根を寄せていた。少し苦しげにも見える色気のあるその表情に、小鈴もまた背筋がぞくぞくするほどの官能を覚える。

だが、真藤の欲望は容積を増し、先走りも滲ませるが、弾ける気配は一向にない。

そのうちに顎《あご》がだるくなり、それでも無心に頭を上下させていると、口端から唾液がこぼれて、根元を握る自身の手を濡らした。

「……もういい、小鈴…。もう充分だ」

ふいに頭と肩を押されて、口の中から真藤がぬるっと抜け出る。

「…あっ」

満足げな真藤に対して、小鈴は思わず非難の声を上げていた。

「おまえは充分でも、俺は充分じゃない。俺もおまえを、達《い》かせてやりたかったのに」

途端に真藤は複雑な笑みを浮かべた。

「このまま、口で…か？」

「ああ。そうだ」

きっぱりうなずいて、小鈴ははたと気がつく。

「あ…もしかして、気持ちよくなかったのか？　そんなに下手だったのか、俺」

「そんなことはない。すごくよかった。でも、どうせなら、もっと…別の…」

「もっと…なんだって？」

「いや……もっとテクニックがないとな。やっぱり、なかなか達けない」

苦笑混じりに言われた言葉に、小鈴は「そうか…駄目か」と肩を落とす。

「でも、俺がレクチャーすれば、大丈夫だと思うぞ。おまえは飲み込みが早いし」

「レクチャー？　してくれるのか、おまえが」

「ああ。おまえさえ、よければな」

「そうか。だったら、頼む」

パッと明るい顔をする小鈴に、真藤は「まず裸になれ」と指示する。

そして、自分も手早く衣服を脱ぎ捨て、全裸になって、小鈴の腕を引いた。

「俺の上に跨《また》がって、四つ這いになってみろ」

「えっ？」

「――シックスナインだ」

「シックスナイン…って…」

鸚鵡《おうむ》返しをして、小鈴はカッと赤面する。

小鈴も過去にはそれなりの女性経験はあるが、シックスナインはしたことがない。

だが、それがどんな体位かぐらいは当然知っていた。

「このほうが実際に躰で覚えられるからな。おまえは俺がするように、真似をすればいい。

でも、嫌なら無理はしなくていいぞ。今夜はおまえの嫌がることは…」

「別に嫌じゃない。ただ…ちょっと驚いただけだ」

そうは言ったが、内心ではかなり動揺していた。

小鈴は、てっきり先刻のように真藤のものを咥えながら、口頭でレクチャーされるのだと思っていたのだ。

真藤が望むなら、なんでもしてやりたい――そう思う気持ちに変わりはないが、いきなりハードルが高いような気がする。

「……小鈴」

それでも促されるように求められれば、小鈴は「わかった」と男らしくうなずいてしまう。

そして、真藤の躰の上に逆位置で跨がって手を突き、そろそろと腰を上げた。

途端に、尻の狭間がすぅ…っと空気に触れる。

自分ですら見たことのない場所を真藤の前で晒す羞恥に、顔から火が出そうになった。

「小鈴。もう少しこっちに腰を突き出せ。でないと、舐められない」

なのに、真藤はさらに恥ずかしい命令をする。

小鈴は真っ赤になって唇を噛み締め、それに従った。

だが、真藤はそれでは足りないとばかりに、小鈴の尻を両手で引き寄せる。

「あっ、やめっ…」

熱く濡れた粘膜に、小鈴の欲望が包み込まれ、舌が絡みついた。

しかも眼前には、催促《さいそく》するかのように真藤の欲望がそそり立っている。

心臓が早鐘を打つようにドキドキいった。

「ん…っ……ふ…」

すでに限界近くまで勃起しているそれを、ゆっくりと口に含む。そして小鈴は、真藤が今、自分にしてくれている行為を真似ようと、懸命《けんめい》に舌の動きをなぞった。

先端の孔を尖らせた舌で突き、括《くび》れをやんわりと咬んで、何度も吸い上げる。

でも、同じ行為をしていても、真藤のほうがはるかに巧みで、男の弱点を的確に突いてくる。口元と股間でじゅぷじゅぷと響く淫猥《いんわい》な水音にも興奮を煽られ、やがて目が眩むような快感が襲いかかってきた。

「…ま…待て、…真ど…っ、待っ……は、あああっ」

口を放し、制止したが間に合わなかった。

小鈴は、真藤の屹立に頬ずりするようにして、全身を痙攣させた。

情けない。レクチャーどころか、こんなにあっけなく達してしまうなんて。

「……ごめ…ん。……真藤」

小鈴は何度も荒い息をつき、消え入りそうな声で謝った。

だが、真藤は唇を舐めながら、あっさりと言う。

「別に、気持ちがよかったのなら、何度達ってもいい」

「でも…まだおまえが、…なっ…」

朦朧《もうろう》とする意識の中、高く掲げたままの尻を撫でられ、狭間を左右に割り開かれる。

「気にするな。俺は、こっちの口で達くからいい」

「えっ…こっちの…って、あ、バカ…、何を…っ」

真藤の意図《いと》に気づいた時には、そこに熱い舌先が触れていた。

小鈴は思わずシーツを握りしめ、身を捩った。

「よせっ…真ど…それ、やめ…っ…あぁっ…」

だが真藤は小鈴の腰をがっちりと固定し、さらに狭間の窪《くぼ》みを舐め回してくる。

「こんなにヒクつかせておいて、やめろも何もないだろう」

揶揄されながら、硬く尖らせた舌で窄まりを押し開かれると、真藤の言葉どおり入口の襞が悦《よろこ》びに震えるのがわかり、小鈴はあまりの羞恥に気が遠くなった。

その上、真藤は柔らかく潤んできた後孔を、指で円を描くように撫でてきて…。

「んっ…あぁっ」

挿入の苦痛は一瞬だった。

唾液を送り込まれていた小鈴の内部は、すぐに侵入者を物欲しげに締めつけ始める。

そこをぐるりと抉られて、下腹部が甘く疼いた。

「やっ…駄目…だっ、…だ…めっ…」

「こんなにして、いったい何がどう駄目なんだ」

訊かれても、答えられるわけがない。真藤を気持ちよくしてやりたいのに、自分ばかりが感じさせられて、また勃起しているなんて。

「可愛いぞ……小鈴」

しかも真藤は、中を指で掻き混ぜながら、聞き捨てならない言葉を囁いてくる。

「でも、可愛いなんて言ったら、おまえ嫌がるだろう。だからいつも我慢していたんだ」

「真藤っ…おまえ…ん、あぁっ」

指を出し入れされるたび、めくれ上がる粘膜を舐められて、ジンジンとそこが痺れる。

「本当は、いつだって頭から丸ごと食ってやりたいと思っていた。ここも…ここも……舐めて、咬んで、しゃぶり尽くして…」

股の間から手を差し入れて、真藤が小鈴の勃起に触れてくる。

それはすでに蜜《みつ》を滴らせて堅く張り詰めていた。

「やめ…っ、真ど…っ…んんっ…」

ゆるゆると前を扱かれ、あげく、後ろに突き入れた指を二本に増やされて抜き差しされては、もうたまらない。

躰の奥底から悦楽の波が押し寄せてきて、小鈴はあられもなく尻を振って身悶《みもだ》えた。

「真藤…っ、そんなっ、あっ、もう…っ、俺…っ」

達きたい。我慢できない。それしか考えられない。

瞬間、ずるりと指を引き抜かれ、小鈴の躰がベッドの上に横倒しになった。

真藤が小鈴の足を割り開いて抱え上げ、前から覆い被さってくる。

「んっ…うっ…ああっ！」

灼けつくような肉塊が、濡れそぼる襞を押し開く。

そのまま、ぐうぅっと深く圧倒的な質量を埋め込まれて、鮮烈な快感が全身を貫いた。

「あっ、…真藤っ…真…、あああ――ぁ…っ」

気の遠くなるような絶頂感に、白濁を放ったことすらわからなかった。

「…すごいな。入れただけで達くなんて。そんなに、よかったのか」

ややあって、苦笑混じりの真藤の声が聞こえてくる。

放心していた小鈴は、ハッと我に返った。

「小鈴が、こんなに感じ易《やす》い躰をしているとは思わなかった…。嬉しい誤算だな」

真藤が満足そうに微笑んで、小鈴の頬にキスをしてくる。

だが、小鈴は自分ばかりが達かされてしまうふがいなさに、情けなくてたまらない。

「…今度こそ…おまえを達かせてやろうと思ったのに…。俺ばっかり、こんな…」

「小鈴…？」

「だからっ……俺もおまえが好きなんだってことを、証明してやりたかったんだよっ」

愉悦に潤んだ黒い瞳が、真藤を恨《うら》めしげににらむ。

その眼差しに、真藤は驚いたように目を見開き、そして意味深に微笑んだ。

「――そうか…。だったら、思う存分、証明してみてくれ」

言うが早いか、真藤は小鈴の躰をグイッと抱き起こした。

「あっ…なっ、く、うぅっ…」

いきなり真藤の上に跨がらされて、一段と深まる結合に、目の前が真っ白になる。

「これなら、自分で好きなように動けるだろう？　俺も、もう限界に近いしな。今度は、おまえと一緒に達きたい」

騎乗位で腰を振れ――真藤は小鈴に、そう言っているのだ。

尻の丸みをやんわり揉まれながらねだられて、全身が羞恥にカァッと燃え立つ。

「……わかった」

小鈴は羞恥に唇を噛みながら、真藤の肩につかまった。

そして、そろそろと腰を持ち上げる。

「…んっ……は、ぁ…ぁっ」

ぎちぎちに咥え込んでいる怒張が、内襞を擦って抜けていく生々しい感触に目が眩む。

全身の毛穴から汗が噴き出し、空洞になったそこが物欲しげに震えた。

そのせいで足から力が抜けて、小鈴は思わずそのまま腰を落とした。

「くっ…、うあぁっ」

深々と穿《うが》たれる衝撃と、突き抜ける鮮烈な快感に、小鈴は躰をのけ反らせた。

ひどく感じる部分に、男根の先端が当たったのだ。

「大丈夫か。いきなり無茶をするな」

はぁはぁと息をつく小鈴の背中を支えて、真藤が気遣うように言う。

だが、小鈴は首を横に振って、再び腰を浮かせる。

「早く…おまえを…達かせてやりたい」

「小鈴…」

羞恥を堪え、歯を食い縛《しば》って躰を上下させる小鈴に、真藤が熱い眼差しを向ける。

時おりぎこちなく腰を回すと、クールで精悍《せいかん》な顔立ちがかすかに歪み、うっ…と低い呻きが唇からこぼれた。

それが真藤の感じている表情なのだと、小鈴は初めて知る。

「真藤っ…んっ…んっ…」

普段、隙《すき》がなく硬質な雰囲気を纏《まと》っている男ほど、乱れた時の艶《なまめ》かしさは半端《はんぱ》ない。

小鈴は背筋をぞくぞくさせながら、懸命に腰を揺すった。

真藤が感じてくれていると思うだけで、小鈴もまた深い愉悦を感じた。

「小鈴…いいぞ。おまえの中……すごく熱い」

真藤が、尻の丸みを両手でつかみながら、熱っぽい声で言う。

それだけで、躰の芯《しん》から蕩け落ちていきそうになる。

「俺を咥え込んでいる部分が、きゅうきゅういって震えている」

「いちいち…言うな…っ、そんな…こと…」

だが、上擦る声で抗議しても、真藤は揶揄をやめない。

「どうしてだ？　言うと感じるだろう、おまえ。すごくそそる顔をしてる」

「なっ…」

その言葉に、キュッと締めつけてしまった真藤の分身が、一段と大きく膨れ上がる。

「ほらな？　おまえが感じると、俺も気持ちがいい」

言いながら真藤は、二人が繋がっている部分を指でまさぐった。

「健気《けなげ》だな…。目いっぱい口を開いて、俺を呑み込んでる。さっきのおまえみたいに」

ビクンと躰が震えた。そこを下から緩やかに穿たれて、非難の声が掠れる。

「よせよ…っ……恥ずかしい奴だな」

「嫌いか。こんな俺は」

「バカ。嫌いだったら…こんなこと、するか…っ」

言い返す間にも、真藤は少しずつピッチを上げて、小鈴を突き上げてくる。

「じゃあ、好きか」

グリッと中を抉るように揺すり上げられて、悦楽の火花が体内で飛び散った。

小鈴は真藤の首元にしがみつき、そして言った。

「――好きだよ、真藤。どんなおまえでも……変わりなく」

告げた途端、真藤が下から荒々しく突き上げてきた。

「んっ、ああっ」

尻の肉を鷲づかみにされ、勃ち切ったもので内壁をこね回される。

間を置いたせいで苦痛は感じない。代わりに目も眩むような愉悦が込み上げてくる。

「一緒に達くぞ……小鈴…っ」

ズンッと一際奥深くを抉られて、小鈴は嬌声《きょうせい》を上げた。

互いの腹で揉まれた小鈴の分身から、とろとろと先走りが洩れる。

「んっ……んっ、あ…っ…ぅんっ」

小鈴は真藤の首にしがみついて、自身も懸命に腰を揺すった。

そのたびに、じゅぷじゅぷという卑猥な水音が聞こえてきたが、もう気にはならない。

それよりも、一刻も早く真藤と達したい思いで、いっぱいになる。

「んっ…真…藤っ、もう…っ…も…っ…」

「小鈴…っ」

抑制を解き放ったかのように、真藤の突き上げが一段と激しくなった。

もう耐えられない。気が遠くなる。

「…あっ…真どっ…あ、ああ――――っ…」

小鈴が達した直後、真藤もまた熱い迸《ほとばし》りを、その体内へ放った。

そして、尾を引く絶頂感に痙攣する小鈴を抱き締め、ベッドの上に押し倒す。

「好きだ……小鈴」

掠れた熱い吐息が、朦朧とする小鈴の鼓膜《こまく》を甘く震わせた。

三年前のあの夜――真藤がこうして面と向かって告白していたなら、小鈴は戸惑い、悩みつつも、最後には真藤を受け入れていたに違いない。

それだけ小鈴にとって、真藤は何にも代えがたい存在だったのだから。

失うことを怖れるあまり、お互い臆病《おくびょう》になっていただけで、結局、小鈴と真藤は、こうなる運命だったのかもしれない。

その想いが、密着する躰から伝わったのだろう。

真藤は躰を繋げたまま、小鈴の乱れた髪を掻き上げ、閉じられた目元に口づけて言う。

「……小鈴……俺たち遠回りしたな」

立て続けに吐精したせいで、もう指一本動かす気になれない。

それでも、優しく押し当てられる唇の感触に、小鈴はゆっくり目を開いて言った。

「…ああ。でも……だからこそ、今の俺たちがあるんだろ」

小鈴の返答に、真藤が嬉しそうに微笑む。

「——小鈴、好きだ。ずっと……ずっとおまえが好きだった」

それは、積年の想いを吐露《とろ》するような告白だった。

小鈴の胸が沁《し》みるように熱くなる。

「真藤……おまえと、こうなれて……本当によかった」

晴れやかに笑う小鈴を、真藤が眩しそうに見つめる。

二人の唇が重なった。

そして、それはやがて、深く甘い口づけに変わっていく。

友情から、恋情へ——緩やかに移りゆく、小鈴と真藤の関係のように。

◆

背中に心地いい温もりを感じる。

それは今まで感じたことのない安堵にも似た感覚で、小鈴はうっすら目を開けた。

部屋の中はまだ薄暗かったが、朝が近いのか、ブラインドの隙間から光が漏れている。

小鈴はうとうとしながら、再び目を閉じかけ……そして、バッと見開いた。

目の先に、不在着信ランプが点滅しているのが見えたからだ。

――まさか、緊急連絡が入って…!?

小鈴は弾かれたように半身を起こそうとして、起こせず、自分が背後から抱き込まれていることに気づいた。

「しっ…(真藤っ)?」

肩越しに振り返ると、真藤が寝息を立てて眠っていた。

その寝顔に、小鈴の心臓がドキンと高鳴る。

心地よかったのは、裸で肌をぴったり密着させていたかららしい。

あれから結局、真藤は小鈴を放さず、何も出なくなるまで付き合わされた。

そのせいで、小鈴の全身は悲鳴を上げている。真藤の腕の中、身動きしただけでも躰の節々が痛い。というか、下半身にまるで力が入らない。

小鈴は恨めしげに真藤を見つめながらも、起こさないように手を伸ばした。

そして、サイドテーブルから携帯を引き寄せる。

一瞬、なぜここに携帯があるのか…という疑問が頭を掠めたが、それも発信者を確認した途端に霧散した。

電話を三度もかけてきたのは、深森だった。

しかも留守番メッセージも入っている。

――まずい。マジで事件かもしれない。なんで気づかなかったんだ!?

小鈴は急いで留守録の再生ボタンを押し、携帯を耳に当てた。

だが、聞こえてきたのは――

『おー、小鈴。あのあと、真藤とどうなった？　上手く出来上がれたか～？』

酒に酔ったような脳天気な声が、大きく響く。その途端。

「貸せ」

背後からヌッと手が伸びてきて、小鈴から携帯を取り上げた。

「なっ……真藤!?」

いつの間に目覚めたのか、真藤は片肘を突き、勝手に携帯を操作し始める。

「あいつに『見事に出来上がりました。ご心配なく』とメールしておいてやる」

「バカ！　するな、そんなこと」

小鈴は携帯をひったくるように奪うと、ハッと思いついて真藤をにらんだ。

「おい、真藤。スーツの上着に入っていた携帯が、なんでここにある？　それにいつの間に、マナーモードに切り替わってるんだ」

キスマークもあらわな裸体のまま、小鈴が凄む。昨夜、あんなに熱く抱き合ったのに、その名残を微塵《みじん》も感じさせない恋人に、真藤はため息をついて言った。

「切り替えたのは、俺だ。だっておまえ、今日は非番だろう」

「そ…それはそうだが…。でも、緊急連絡が入ったら、非番でも飛んで行かなきゃならないのは、おまえだってわかってるだろ」

「でも、そんな躰で、どうやって現場に急行するんだ」

訊かれて小鈴は押し黙る。その顔が見る間に赤くなった。

確かにこの分だと、ベッドから立ち上がるだけでも一苦労しそうだ。

「誰のせいだ、誰のっ」

だが、突っかかる小鈴に、真藤はフッ…と笑みを浮かべる。

「そうだな。俺のせいだな」

さも嬉しそうに言って、真藤が小鈴の躰を抱き寄せてくる。

「だから、今日はおとなしく、俺の恋人に納まっておけ。俺も今日は休みだからな」

その笑顔に、小鈴は唇を噛んだ。

——卑怯《ひきょう》だぞ、真藤。そんな顔をされたら、怒るに怒れねーだろ…。

もしも、本当に二人の時間を邪魔されたくないのならば、真藤も携帯など放置しておいただろう。

そうせず、わざわざ小鈴の目のつく所に置いたのは、真藤なりの思いやりに違いない。

小鈴は嘆息しながら電源を切り、携帯を枕の下に押し込んだ。

それに満足したのか、真藤は小鈴を腕に、しみじみと言う。

「でも、深森で思い出したが、大河原の件は本当に驚いたぞ…。いろいろ洩れ聞いたが、あいつ、想像上にストレスを溜め込んでたんだな」

その言葉に、小鈴は間近の真藤の顔を振り仰いだ。

そして真藤とは、ゆっくり事件のことを話す間もなかったことに気づく。

「…ああ。さすがに気の毒だと思ったよ」

小鈴はおとなしく真藤の胸に顔を寄せて呟いた。

「どんな理由があるにせよ、殺人は許せることじゃないけどな…。でも、あの人も腹を割って話せる親しい人間がいれば、あんなことにはならなかったんじゃないかと思う」

「そうだな…。せっかくお気楽で脳天気な、深森っていう元相棒がいたのにな」

そう言って小鈴の髪を愛しげに指で梳く真藤に、もう嫉妬の気配は感じられない。

小鈴は安堵してうなずいた。

「ああ。深森さんも、大河原はキレ者のわりに話のわかるいい奴で、昔は自分の冗談にもよく笑ったって言ってた…。でも、出世して立場が変わってしまったら、なかなか言いたいことも言えなくなってしまったんだろうな、きっと」

「立場が違うからこそ、話せることもあっただろうに…。なんて、俺が言えた義理じゃないか」

苦笑する真藤に、小鈴もまた笑う。

「真藤…俺たちは、これからは、ずっとなんでも話せる関係でいような」

弁護士と刑事という相容《あいい》れない立場になってはしまったが、お互いを思い合う気持ちさえあれば、プライベートではいつでも親密な間柄でいられるに違いない。

そう思う小鈴の気持ちが伝わったのだろう。

「もちろんおまえには、もう隠しごとはしない」

誓うように言いながら真藤は、小鈴の頬に触れ、自分のほうへ顔を向けさせる。

そして、額にチュッとキスをして、小鈴の目を覗き込んできた。

「…ってことで、話してくれるだろうな……小鈴」

恋人らしい甘いムードの中、注がれる熱い眼差しにドギマギしながら、小鈴は「何をだ？」と尋ねた。

「だから、なぜ俺が、おまえと深森と三人で飲みに行くと、まずいのかをだ」

「……えっ？」

「上手くごまかしたつもりだろうが、そうはいかないぞ」

詰問《きつもん》口調で言う真藤に、小鈴はハッと息を呑む。

脳裏に、昨夜、自分たちが交わした会話がよみがえった。

『なぜ、そう言い切れる。そんなにあいつを信頼してるのか。だから「また今度」だなんて言って、早々に切り上げたのか。あとで俺抜きで、二人で飲みに行くつもりで』

背中に冷や汗が流れた。

『バカ、そんなんじゃない。深森さんはな…』

「いっ…いや、真藤、あれはだなっ……あっ」

慌てて言い訳する小鈴の躰がくるりと反転し、両肩がシーツの上に押さえつけられる。

「まさか、この期に及んで、話せない…なんて言うつもりじゃないだろうな、小鈴」

真上から見据えてくる恋人の目が、ゆらり…と妖しく揺れる。

「だったら、話したくなるようにするしかないな」

「何っ、あ、…待っ…真藤っ、冗談…んんっ」

冗談はよせ、という言葉ごと、唇を塞がれる。

小鈴は抗議するように、真藤の躰をドンドンと拳で叩いた。

だが、その手もじきに小刻みに震え出して、恋人の背中にしがみつく。

小鈴が息も絶え絶えに白状させられ、今度は真藤が「冗談はよせ」と口にするまで、そんなに時間はかからないだろう。

おわり

あとがき

皆様、こんにちは。もしくは、初めまして。

結城の二十八冊目の本になります、この『エゴイスティックな相棒』。

刑事もの大好き、弁護士ものも大好き、ということでウキウキしてプロットを立てたにもかかわらず、いざ書き始めてみると悪戦苦闘の日々。

それもそのはず、刑事も弁護士も特殊職業なので、資料を読んだりいろいろ勉強したりが半端なかったことを、うっかり失念していたのです。楽しさが二倍になるのと同時に、調べものの大変さも二倍に……。ははは……書く前に気づけよ、自分(涙)。

とはいえ、毎度大変だ～と嘆きつつも、実は結城、執筆中に新しいことをいろいろ調べたり勉強したりするのは、けっこう好きだったりします。もちろん、調べてもお話の中で使えるのは、ほんの一部なんですが、興が乗って、つい何時間もネットをさまよったり、本を読んだりしてしまいます。

今回は特にプロファイリングやNシステムが、興味深かったですね。

でも、日本で最初に公的プロファイリング組織が設置されたのって、地元の北海道警察だったんだ、へぇ～とか、Nシステムってオービス(速度違反取締装置)とはまったくの別物？　それにパシャッて写真を撮られる時のフラッシュの色とかも違うんだ、ほぉぉ～とか、感心しまくっているうちに、いったい自分が何について調べていたのか、さっぱりわからなくなっていることも、しばしばで…。ははは……ダメダメじゃん、自分(涙)。

そんなこんなで出来上がりました今回のお話ですが、皆さま少しはお楽しみいただけましたでしょうか。ようやく親友から恋人に格上げになった真藤ですが、小鈴の側にはいつも深森がいるし、きっと気が気ではない毎日でしょう。そのへんを考えると、ものすごく楽しいことになりそうなので、機会があったら書いてみたいですね。

また今回は、独特で美しい色使いが印象的な麻生ミツ晃先生に、イラストを担当していただきました。スケジュールの都合でまだカバーは拝見していないのですが、今から楽しみでなりません。小鈴や真藤のキャラをこまかく分析して描いて下さったキャララフにも、とても感動しました。麻生先生、お忙しい中、本当にありがとうございました。

それと今回は担当Hさんには、いつも以上に、大変お世話になってしまいました。ありがとうございます。今後ともどうぞよろしくお願いします。

それでは次回も精一杯頑張ります。また、お会い致しましょう。

結城一美

（結城の活動情報は下記ブログ http://yuukikazumi.blog61.fc2.com/ にてご覧頂けます）

初出
「エゴイスティックな相棒」書き下ろし

CHOCOLAT
BUNKO

この本を読んでのご意見、ご感想をお寄せ下さい。
作者への手紙もお待ちしております。

あて先
〒171-0021東京都豊島区西池袋3-25-11第八志野ビル5階
(株)心交社　ショコラ編集部

エゴイスティックな相棒

2012年5月20日　第1刷

© Kazumi Yuuki

著　者:結城一美
発行者:林 高弘
発行所:株式会社　心交社
〒171-0021　東京都豊島区西池袋3-25-11
第八志野ビル５階
(編集)03-3980-6337 (営業)03-3959-6169
http://www.chocolat_novels.com/
印刷所:図書印刷 株式会社

本書を当社の許可なく複製・転載・上演・放送することを禁じます。
落丁・乱丁はお取り替えいたします。